*NARRATORI MODERNI*

Dello stesso autore in edizione Garzanti:
*Una finestra vistalago*
*La signorina Tecla Manzi*
*Un amore di zitella*
*La figlia del podestà*

*ANDREA VITALI*

# IL PROCURATORE

GARZANTI

Prima edizione: febbraio 2006

ISBN 88-11-67815-3



www.garzantilibri.it

*Dedico questo libro a tre persone che con la storia narrata non hanno niente a che vedere ma che hanno un posto preciso nel mio cuore. Li cito secondo l'ordine col quale se ne sono andati: l'Aldo, il Meneghin, la Margherita.*

# PREFAZIONE

Confesso che sin da giovane ho avvertito la necessità di scrivere, di usare la scrittura come mezzo di comunicazione con gli altri.

Come confessione, me ne rendo conto, non è gran che, ma non riesco a partire da altro punto per tentare di spiegare come sono arrivato a raccontare un certo tipo di storie.

All'inizio quindi era la scrittura, non concepita come esercizio solitario - nessun diario nella mia infanzia e nemmeno nella gioventù - ma come esperienza da condividere. Insomma, ci voleva qualcuno che leggesse quel che scrivevo.

La prima occasione che mi si presentò fu, attorno ai quindici anni, una morosetta cui, più che parlare, stante l'innata timidezza, iniziai a scrivere appassionate lettere di cui spero non esista più traccia. La morosetta a un certo punto se ne trovò un altro, un tipo pratico che non aveva molta dimestichezza con le lettere: possedeva però un motorino e tanto bastò allora per chiudere la storia. Patii il giusto, riversando la mia sofferenza in poesie strazianti: del loro destino non so più niente, anche se spero abbiano fatto la stessa fine delle lettere di cui sopra. La sofferenza, si sa, fortifica e le pene d'amore a quell'età sono sofferenze allo stato puro.

Una volta rasserenato credetti di riuscire a vedere chiaro nella mia vita e nel futuro. Nel frattempo era passato qualche anno. Avevo trovato un'altra morosa, frequentavo il liceo classico e continuavo a domandarmi cosa fare di questa necessità di scrivere, in quale direzione rivolgerla. Finalmente capii: dovevo fare il giornalista. Facile dirlo. Non così facile andarlo a dire a mio padre che su di me, primogenito, aveva puntato più di una carta, altrimenti non mi avrebbe iscritto al liceo.

Tentai, comunque. Forte delle mie letture dei classici, organizzai un bel discorso, un ragionamento tanto logico che avrebbe portato l'amato e temuto genitore alla mia stessa conclusione: quello del giornalista era il mio mestiere. Mio padre lasciò fare. Cioè, mi lasciò dire. Parlai per il quarto d'ora che durò il mio discorso senza essere interrotto. Alla fine, lasciato correre un mezzo minuto di silenzio, mi rispose: «No».

La mia carriera di giornalista finì lì. Proseguii gli studi, feci l'università, anche se in mezzo a tutti gli impegni quella necessità sotterranea, quotidiana, vivace, di usare la scrittura per farne qualcosa, non mi abbandonò mai.

E fu proprio grazie a mio padre che, alla fine, compresi come potevo indirizzarla.

Mio padre, va detto, era un uomo di poche parole: casa, lavoro, telegiornale e poi a letto, dove spesso tirava tardi leggendo. Era la sua regola e, con il passare del tempo, è divenuta anche la mia. Alla quale, ogni tanto, lui si concedeva un'eccezione. In quel caso chiacchierava un po' di più, raccontava storie, avventure che gli erano capitate quand'era giovane o che aveva sentito raccontare da altri. Accadeva di rado, occhio e croce a ogni cambio di stagione. Fu proprio durante un passaggio di stagione, dalla primavera all'estate, che ascoltandolo ebbi l'idea di scrivere un romanzo, il primo, *Il procuratore*.

Era il 1988, il mese maggio. Avevamo appena finito di cenare in cucina, ma la porta, che dava sul terrazzo a lago, era rimasta aperta, in modo che, come una spezia, il denso odore dell'acqua immobile e scura aveva invaso il locale. È un profumo che droga, quello del lago d'estate. Ricco, a volte pesante. Bisogna saperlo portare e, anche, sopportare. Lo sperimento di continuo, anche adesso, a distanza di tanti anni.

Droga, perché amplifica le sensazioni, le attese, oppure i ricordi. Se sei giovane, insomma – e io nel 1988 lo ero – ti infonde fiducia nell'avvenire, invitandoti a guardarlo con coraggio. Se non lo sei più – e mio padre all'epoca aveva 68 anni – ti fa indulgere al ricordo felice, ti illude di ritrovare il passo della gioventù, la canzone che avevi tanto amato, il profilo di una vecchia morosa e via di questo passo.

Fu appunto così che il mio genitore si lasciò andare sull'onda dei ricordi e poiché la sua generazione ebbe la vita tristemente offesa dalla guerra, raccontò aneddoti guerreschi. Ricordo l'avventura di un salame, partito insieme con lui da Bellano per raggiungere l'isola di Rodi e finito poi, misteriosamente, nella pancia di un gatto; e quella di un lungo pomeriggio trascorso seduto sull'ala di un aereo da ricognizione planato, per avaria, in mare aperto. Non ci sono, come si vede, morti o feriti: non credo che mio padre abbia mai tirato un colpo d'arma da fuoco contro qualcuno, fece la guerra perché vi fu obbligato, come tanti altri, e come tanti altri ritornò con un carico di racconti che ogni tanto serviva ai figli.

È capitato così anche con l'episodio che ha originato *Il procuratore*, anche se in questo romanzo della guerra non si trova traccia: infatti, se è vero che capitò durante il secondo conflitto mondiale, è altrettanto vero che si colloca in una sorta di parentesi, cioè durante una licenza che mio padre trascorse parzialmente a Milano. Non si trova nemmeno il fatto in sé, per essere sinceri: la sua dinamica piuttosto, l'idea di una fuga lungo un tracciato circolare, dove alla fine ti ritroverai al punto da cui sei partito.

Ecco, *Il procuratore* è stato il mio punto di partenza; il 1988 l'anno in cui ho cominciato a rubare storie per restituirle scritte su carta. Ma anche l'anno in cui ho cominciato a ripensare all'infinità di storie che avevo già sentito e che aspettavano solo di essere raccontate. Aneddoti, pettegolezzi, vere e proprie avventure che avevo udite, spesso durante le oceaniche riunioni natalizie, per bocca della zia Rosina, della zia Eufrasia, della zia Mirandola, delle zie Colomba, Cristina, Paolina, dello zio Esilio e di tanti altri, personaggi veri o verosimili della mia vita. E se tante ne avevo già sentite chissà quante altre aspettavano di essere scoperte.

Da allora non ho più smesso di ripensare a quelle che già so né di andare alla ricerca di quelle che ancora non conosco. E, a dire la verità, non ho proprio nessuna intenzione di farlo.

*Andrea Vitali*

# IL PROCURATORE

*I personaggi e le situazioni raccontate in questo romanzo sono frutto di fantasia. I luoghi, invece, sono reali.*

# PRIMA PARTE

# 1.

Il 1° novembre 1938 la «Gazzetta di Como», organo della Federazione Provinciale Fascista, uscì con la prima pagina listata a lutto. Il giorno avanti era deceduto Anemone Crivelli, cavaliere del Regno e pioniere dell'industria locale. Quarantottenne, aveva partecipato con la Compagnia Angheben alla presa di Fiume e una sera aveva addirittura cenato alla tavola del comandante D'Annunzio. Aveva finanziato la costruzione della prima sede dei Fasci di Combattimento. A cinquant'anni, per festeggiare il compleanno, era stato protagonista di una memorabile maratona di nuoto da Como a Bellagio e ritorno. Proconsole della milizia, era morto presidente ad honorem dei Fasci Giovanili Comaschi. Personaggio di spicco anche nel bel mondo, Crivelli era stato frequentatore assiduo di teatri e casini. Una gotta perniciosa l'aveva obbligato, circa quattro anni prima, a ritirarsi da ogni attività pubblica e amatoria, condannandolo pian piano all'infermità.

L'annuncio in prima pagina avvertiva i lettori che all'interno, nelle colonne dedicate alle cronache provinciali, veniva dedicato ampio spazio alla storia del defunto. In quelle pagine, a firma di tal Patroclo Bentipenso, e sotto la biografia e l'elogio dell'estinto, compariva un elzeviro dedicato alla nebbia che da due giorni affliggeva il ramo del lago di Como da Cernobbio a Lezzeno. «Il fenomeno», scriveva il Bentipenso, «è assai singolare.» A causa della spessa coltre di nebbia e della conseguente difficoltà di manovra, il *Centuria*, piccolo battello, in servizio sulla linea Como-Bellagio, si era incagliato, fortunatamente privo di passeggeri, nei pressi di Pognana Lario. Dall'urto il comandante aveva ricavato il naso rotto: danni più gravi aveva riportato la chiglia del battello. Seguivano brevi note riguardanti altri piccoli incidenti. «Ed è in questa nebbia», concludeva luttuosamente l'articolista, «che la nostra città si prepara a dare l'estremo saluto ad Anemone Crivelli, accompagnando con mestizia l'illustre Cavaliere del Regno nel suo passaggio verso il regno dell'ombra.»

«Navigazione incerta», annunciò Romano Vitali, mettendo da parte il giornale.

Venticinque anni, addetto da cinque allo scalo dei battelli di Bellano, il Vitali s'avvicinò al banco del Caffè dell'Imbarcadero e ordinò un bicchierino di anice.

Guardando attraverso la porta a vetri del locale, Vitali sbirciò il monumento allo scrittore Tommaso Grossi che sembrava stringere le spalle sotto la pioggerellina, spiando il grigio del lago. Non c'era in giro anima viva.

«Par de ves giamò mort!» disse l'addetto allo scalo.

Romano non s'era accorto che nel suo bicchierino era finita una mosca. Continuava a scrutare il lago attraverso le tendine della vetrata del caffè.

Il muso del battello bucò la coltre di foschia che velava la sponda opposta di Rezzonico e Dongo. Romano si alzò. La mosca aveva guadagnato l'orlo del bicchiere, ma non riusciva ancora a volare.

«Crepa», disse il Vitali ad alta voce.

«Cos'hai, Romano?» gli chiese il padrone del caffè.

«Mai visto un autunno così marcio!»

«Siamo già in novembre! Arriva il battello!»

Romano alzò le spalle. Pensò che battello rimava con bordello. Sogghignando, s'avviò alla biglietteria.

L'*Alessandro Volta*, il battello a elica più grande del lago, stava per attraccare. Il marinaio che gli lanciò la fune per tirare la passerella salutò Vitali con un urlo. Romano, invece di rispondere al saluto, fischiò con due dita in bocca.

«Avete affumicato il lago!» disse poi, accennando al fumo che usciva dalla ciminiera.

Il marinaio rise.

«Siamo l'orgoglio della navigazione lariana, noi!»

«Orgoglio fa rima con imbroglio!»

«Dài Romano, tira la passerella e tas!»

L'uomo che scese la passerella era vestito di scuro. Dopo aver consegnato il biglietto a Romano, s'avviò verso il Caffè dell'Imbarcadero. Banderuole tricolori, residui delle celebrazioni per l'anniversario della Marcia su Roma, pendevano, già slavate dalla pioggia, dagli ippocastani intorno alla statua. L'uomo si fermò un istante. Si sollevò sulla punta dei piedi. Romano capì che stava respirando a pieni polmoni.

# 2.

L'aria del caffè era impregnata d'un odore dolciastro. Il padrone lo chiamava odor di femmina. L'uomo, appena entrato, l'annusò. Il padrone sorrise: classificava quelli che cedevano alla suggestione di quell'odore uomini di mondo. Gli si fece incontro senza smettere il sorriso. Si passò una mano sui capelli: voleva far notare allo straniero che anche lui usava la brillantina.

Gli versò un anice forte. Abbondò nella dose per dimostrargli simpatia e disponibilità alle chiacchiere. Il forestiero si guardò intorno. Nel caffè c'era un solo avventore che, quando il forestiero era entrato, aveva abbassato il giornale di quel tanto che gli era bastato per mettere allo scoperto la fronte e gli occhi. Il forestiero se n'era accorto: allora l'uomo con il giornale era tornato a nascondersi. Proprio per questo il nuovo arrivato lo squadrò a lungo, finché scoprì che all'occhiello della giacca gli riluceva il distintivo delle Camicie Nere.

Partito il battello, rientrò nel caffè anche Romano e finì il suo anice senza più mosca.

Il padrone non si decideva ad abbandonare il banco, ma il forestiero si avvicinò a una delle vetrate e si dedicò ad accarezzare le tende di mussola.

«Lo conosci?» chiese Romano sottovoce.

«No», rispose il padrone, «e tu?»

«Arriva da Como!»

Romano sbirciò il viaggiatore e sentenziò.

«Sarà del Fascio!» E sibilò: «Bela facia de gratâcü!» Il padrone gli fece cenno di tacere. L'uomo, che aveva finito di bere, si guardò in giro, poi tornò al banco.

«Desiderate altro?» chiese il barista.
«Un'informazione.»
In quel momento fece la sua apparizione Deilde, la ragazza che aiutava nel caffè.
L'uomo ebbe un attimo di smarrimento. I suoi occhi si staccarono dalla ragazza solo quando questa ritornò nel retro.
«Allora?» chiese Romano con invadenza.
«Dove posso trovare il dottor Dellera?»
«Dellera, il notaio?»
«Sì.»
Alle spiegazioni del padrone del caffè si aggiunsero, sovrabbondanti e confuse, quelle di Romano. Il forestiero tagliò corto:
«Passato il ponte, il primo portone sulla destra, lo stesso studio del vecchio notaio Pedretti?» chiese.
Romano e il padrone annuirono.
«Allora, so dov'è. Vi ringrazio.»
Il forestiero salutò, con un cenno della mano che il padrone giudicò elegante, e uscì con un passo felpato. Il barista tornò al banco. Deilde fece capolino nella sala.
«Chi era quello?» chiese.
Romano sospirò:
«Hai visto come ti ha sbirciato? Lo vuoi per moroso?»
Deilde gli lanciò addosso uno straccio bagnato.

# 3.

Il fiume era quasi in piena, colmo di acqua solcata da tronchi spelati. L'uomo, appoggiato alla ringhiera del ponte, sollevò gli occhi dal fiume e guardò verso la montagna. Senza togliersi la sigaretta di bocca, scandiva i nomi delle frazioni che incontrava con lo sguardo. Sputò la cicca e ripartì.

Davanti al portone del notaio, vide che la D di Dellera sulla targa era gotica: poteva anche essere confusa con un'acca o una emme. Suonò il campanello.

L'anziana signorina che venne ad aprire – l'uomo non ebbe dubbi che fosse nubile – si protese verso di lui con un sorriso che non aveva tracce di allegria. La guardò attentamente: secca, una lunga gonna blu, la camicetta di pizzo allacciata al collo, i muscoli del viso tesi.

«Chi devo annunciare?» chiese la donna.

L'uomo non rispose. Osservava il cammeo sulla camicetta della donna. Annusò anche il suo profumo con una sfumatura di naftalina.

«Insomma... mi volete dire cosa desiderate?»

Finalmente l'uomo, malizioso e quasi ironico, rispose.

«Dite al notaio che c'è qui Marco Perini!»

Al viso della signorina salì un improvviso rossore. La donna fece due passi indietro e si mise una mano sulla bocca.

"Prevedibile!" pensò Marco Perini.

Il notaio stava fumando una sigaretta aromatica. Era sdraiato sulla poltroncina e soffiava il fumo verso una finestra. La signorina, entrando nello studio, inciampò nel tappeto e, balbettando, scivolò per terra.

# 4.

L'arredamento dello studio del notaio Dellera contrastava singolarmente con la giovane età dell'occupante. Il notaio sedeva dietro a una massiccia scrivania scura, ingombra di carte, tra le quali svettavano tre penne d'oca; una parete era sovraccarica di diplomi e attestati ingialliti. Nell'angolo un busto di Cicerone poggiava su una colonnina sagomata dall'intreccio di tre serpenti lignei; sul muro dietro la scrivania pendevano sulla testa del notaio due spade incrociate; completavano l'arredamento alcune lance africane, due scudi ovoidali, una cartina geografica e un picchio rosso imbalsamato. Sembravano secchi persino i fiori riprodotti sulla tappezzeria.

I due uomini si guardarono, entrambi incuriositi.

«Vi stupisce l'arredamento del mio studio?» esordì il notaio.

«Siete stato in Africa?» chiese il Perini.

«No! Questi cimeli li ho ereditati dal mio predecessore. Era un profeta dell'avventura coloniale. È stato ad Adua agli ordini del generale Baratieri e per poco non ci lasciò la pelle. La foto in costume turco lo ritrae, invece, a Istanbul durante una vacanza.»

Il notaio continuò, scuotendo la testa.

«Quando vidi per la prima volta questo studio restai stupito né più né meno come voi. Pensai di cambiar tutto, anche la tappezzeria. Ma nel contratto d'affitto c'era una clausola che mi obbligava a conservare l'arredamento. Mi ci sono abituato.»

Il Perini sorrise.
«Lui che fine ha fatto?»
«Il mio predecessore?»
«Sì.»
«Sta a Campione. Si gode i soldi. Frequenta il casinò. Viene qui un paio di volte l'anno. Mi parla dell'Africa, della savana, di donne e riscuote l'affitto.»
«Interessante. E la segretaria?»
Il notaio capì, ma finse di non aver inteso.
«Come?»
«Anche la segretaria era nel contratto?»
«La figlia. Copia conforme all'originale.»
Il Perini guardò la fotografia sotto le spade.
«È lui?» chiese. «Mi sembra il Pedretti.»
«Sì, lui in costume da beduino», specificò il notaio. Poi aprì un cassetto e tirò fuori una cartella che pose sulla scrivania.
«Avrete ricevuto la mia lettera, immagino», interrogò.
«Sarei qui, altrimenti?» rispose il Perini.
Il notaio si assestò sulla poltrona.
«Vi ringrazio della sollecita visita. Mi facilita le cose.»
Il Perini si mise a sedere.
«Voi conoscete i motivi che hanno spinto i vostri genitori ad agire così. Devo informarvi che la stesura del testamento, fatta dal mio collega, risale agli anni della guerra di Libia. A quell'epoca, qui in paese venne fatta circolare la voce che voi eravate... morto, proprio in un deserto!»
Il Perini si chinò verso il notaio, fermandolo con un gesto.
«So già tutto», disse, improvvisamente serio.
Ma il notaio non si frenò.
«Devo ricostruire la faccenda. Fa parte della volontà testamentaria dei vostri genitori. Hanno disposto che la loro morte vi fosse comunicata esattamente un mese dopo la scomparsa dell'ultimo dei due. Trovarvi non è sta-

to facile. Sull'eredità non esistono vincoli di nessun genere. Voi non dovrete ottemperare a obblighi particolari. Testualmente, cito dal testamento, l'eredità è stata decisa col "proposito di dare al nostro unico figlio l'occasione per abbandonare la sua deplorevole attività".»

Detto questo, il notaio si alzò. Il Perini, osservandolo sullo sfondo del muro alle sue spalle, constatò che adesso occupava il punto d'incrocio delle due lame sulla parete, cosicché sembrava che gli uscissero dalle orecchie. Il notaio annunciò che era a sua disposizione per tutta la giornata: poteva accompagnarlo, se lo desiderava, a prendere visione dei suoi beni.

«Possiamo rimandare a domani?» chiese il Perini, mordendosi le labbra.

Fissata l'ora dell'appuntamento, il notaio, per evitare nuovi turbamenti alla segretaria, accompagnò il cliente alla porta. La donna, che stava spiando dal buco della serratura, fu costretta a sollevare il busto di scatto e, perso l'equilibrio, scivolò di nuovo per terra: in modo così goffo che il Perini sospettò fosse ubriaca.

# 5.

Romano non s'aspettava un ritorno rapido del forestiero. La lunga occhiata che aveva dato a Deilde glielo aveva reso antipatico. La ragazza si era invece augurata di rivederlo.

Quando Marco Perini aprì di colpo la porta del Caffè dell'Imbarcadero, Deilde ebbe un sussulto, arrossì, smise di lavare il pavimento e andò a mettersi dietro il banco per potersi trovare faccia a faccia con il forestiero. Scrutandolo per bene, restò delusa: le era sembrato più giovane; invece doveva essere sulla cinquantina; faccia rugosa, occhiaie, il naso largo, baffetti, alto, magro, il forestiero aveva l'aria di uno spaventapasseri. Gli versò da bere un po' emozionata. Fu lui ad avvisarla che il bicchierino era colmo, poi sorseggiò il liquore senza staccare gli occhi dai suoi.

Deilde si girò, fingendo di mettersi a spolverare le scansie dei liquori. Lui chiese, con una voce dura che esplose all'improvviso:

«Esiste ancora Il Cavallino?»

Deilde si voltò, prese il bicchiere vuoto e lo lavò.

«L'albergo Il Cavallino?» domandò.

In quel momento rientrò nel caffè Romano: il battello delle undici e quaranta non si era fermato. Il giovanotto si era portato dietro odore di pioggia e umidità. S'appoggiò al banco, guardò il Perini e scosse la testa.

«Amò chi?» commentò.

«Il signore mi stava chiedendo del Cavallino», lo informò Deilde.

«Bello, pulito e poco caro», scandì Romano. «Ma niente donnine», aggiunse ridacchiando, per poi filarsela verso l'angolo del biliardo dove, improvvisando tiri di sponda, insaccò una dietro l'altra tutte le palle in buca.

«Siete arrivato solo?» domandò Deilde.

Il Perini non rispose: gli piaceva fare il misterioso. Interpretando la domanda della ragazza come un invito, pensò che ne avrebbe sicuramente approfittato.

# 6.

Uscito il Perini, il notaio Dellera rifletté sul lavoro che lo aspettava. Ordinò mentalmente gli appuntamenti per il giorno seguente.

"Dellavalle, Zaniboni, il Consorzio dei Comuni."

Non si sentiva tranquillo. Sapeva il perché. Si alzò. Aprì appena la porta dello studio. Spiò la segretaria.

«Il termometro segna guai!» pensò.

La signorina era rannicchiata sulla sedia con il foglio su cui stava scrivendo a pochi centimetri dal naso. Era lei il termometro dei guai: la sua ostinata verginità era l'infallibile mercurio.

«Signorina!» chiamò il notaio.

La segretaria alzò verso di lui lo sguardo miope. Non parlò.

«Volete venire un momento a prendere nota degli appuntamenti per domani?»

La segretaria lasciò cadere il registro sul tavolo, prese un blocco di fogli e si alzò.

«Allora», disse il notaio sprofondando nella poltroncina, «mi dovete convocare per le dieci di domattina i signori Dellavalle.»

La segretaria prese nota.

«Avete scritto?»

«Dellavalle, sì.»

"Dellavalle!" pensò il notaio. "Eredità! E che eredità! Ci sarà sicuramente contestazione. Quel vecchio pazzo del padre ha lasciato il fondo delle Ronchelle alla cameriera. Figuriamoci. Una bella botta per la famiglia che crede di disporne. Capacissimi a mettersi a fare cagnara qui. Meglio convocarli venerdì sera. Forse dopodomani, vediamo...”

«Del-la-val-le», sillaba la segretaria.

«Cancelli! Per le dieci mi convochi i rappresentanti dei comuni del Consorzio per l'Ospedale.»

La segretaria cancellò la convocazione Dellavalle con gesto stizzoso.

«Come faccio?» chiese

«Eh?»

«Dico, come faccio? Sono sette! Bellano, Varenna, Dervio, Introzzo, Vestreno, Esino, Sueglio. Sono sette e...»

«E...»

«Non è detto che scattino tutti ai vostri ordini!»

«Ma se avevano fretta di metter su la sala chirurgica, di trovare l'accordo sullo statuto di funzionamento e la ripartizione delle spese!» si giustificò il notaio.

«Un mese fa!» sibilò la segretaria.

«Come dice?»

«Dico, avevano fretta un mese fa!»

«Allora?»

«Non è detto che la prima convocazione funzioni.»

«Bene. Allora facciamo così. Il Consorzio dopodomani, alle dieci. I Dellavalle me li faccia venire domani pomeriggio, alle quattro. Ha scritto?»

«Sì.»

«E domattina...»

«Domattina?»

«Domattina la riserviamo al figlio della vedova Zaniboni e al signor prevosto. La vedova Zaniboni ha lasciato tutto alla Chiesa, lo sapeva? Con l'impegno di restaurare gli affreschi della chiesetta di San Nicolao! Al figlio spetta solo la legittima... Ma pare che non gli importi più di tanto. Almeno spero. Così se il signor Perini domani vuole vedere le sue proprietà sono libero di accompagnarlo.»

Al sentire il nome del Perini la segretaria si arrestò un istante. Poi finì di scrivere con uno scatto.

«Posso andare?» chiese.

Aveva i masseteri in rilievo e le labbra bianche tant'erano tirate. Il notaio la guardò allarmato. Poi, vinto, ordinò:

«Per cortesia, signorina, mi vada a chiamare il signor maresciallo!»

Un sorriso riconoscente si posò sul viso della donna.

«Cosa gli devo dire?»

«Che si tratta di cosa delicata e... non ufficiale!»

«Urgente?» chiese la donna.

Il notaio nicchiò per un attimo, poi esplose:

«Urgentissima!»

# 7.

L'albergo Il Cavallino era stato per il giovane Perini il luogo mitico dei sogni d'avventura. Sbirciando le sale dell'albergo attraverso le tende, aveva intravisto feste da ballo ritmate da canzoni che ancora cantava. Aveva sognato, perciò, di varcare la soglia di quell'Eldorado con i capelli impomatati di brillantina e un bocchino infilato tra le labbra, per poi salire furtivo in una delle camere e lì godersi la vista di una donna svestita e sorridente. Ci entrava adesso, invece, per la prima volta.

Rispetto ai primi anni del secolo, l'albergo aveva perso attrazione ed eleganza. Colpa del nuovo padrone che s'era fatto albergatore senza averne il talento. Negli ultimi cinque anni Il Cavallino, sempre più deserto, era diventato teatro della confusione: stampe di scuola austriaca con vedute laghiste e vasellame con l'antico stemma di un cavallo impennato convivevano in disarmonia con tovaglie (non più di fiandra, ma di tela) dai disegni vistosi e con sedie Thonet provenienti da un ristorante della Tremezzina. Gli stucchi dei soffitti, sgretolati in più punti, reclamavano malinconicamente un restauro.

Varcata la soglia dell'albergo a Marco Perini si oscurò, dalla delusione, il viso. Chiese delle toilette. Le trovò pulite. Andò a lavarsi le mani, poi si diresse in sala da pranzo. L'unico cameriere stava aspettando appoggiato al muro. Il Perini si sedette e ordinò risotto con funghi, brasato, vino bianco e una crème-caramel con savoiardi.

Cenava solo. Ma lo rimase per poco. Abate Quintini, il proprietario, andò a insidiarlo con molte domande:

cosa faceva, perché era arrivato lì, quanto si sarebbe fermato. L'albergatore arrivò a confessare che lui era, in quell'autunno, il primo cliente.

«Vi fermate?» chiese il Quintini.

«Vorrei una camera per questa notte.»

«La migliore!» promise Abate Quintini. «Le darò la migliore! La stessa dove dormì Alfredo Panzini!»

«E chi era mai?» indagò il Perini.

«Uno importante, uno scrittore famoso, un'eccellenza. Venne qui nel 1935 quando ci furono le feste per il nostro Tommaso Grossi. Lo riverivano tutti. Anche il prefetto!»

Marco Perini fece per andarsene.

«Ma...» disse il Quintini.

«Ma, cosa?»

Il Quintini si passò una mano sulla bocca e s'ingobbì un poco: sembrava un usuraio sul punto di aumentare gli interessi di un prestito.

«Dovreste darmi i vostri documenti... Sapete, per la registrazione!»

Era chiaro come il sole che il Quintini era curiosissimo di sapere con chi aveva a che fare.

«Dovrete attendere sino a domani. Ho dimenticato la carta d'identità dal notaio Dellera», inventò il Perini, lasciando l'albergatore di stucco, allarmato per il fatto che il cliente volesse occultare la propria identità.

Marco Perini si fermò a guardare alcune fotografie esposte nella sala da pranzo. Si soffermò soprattutto su quella che ritraeva in posa i fondatori del Fascio locale. Era del 1922. Riconobbe alcuni volti, ma non ricordò tutti i nomi.

«Una volta al mese vengono qui a mangiare», lo informò il Quintini che aveva notato il suo interesse.

«Tutti? Non è morto nessuno?» domandò, filando via senza aspettare risposta.

Era ormai certo che il Quintini fosse una lenza, perché tra i fascisti aveva riconosciuto anche suo padre buonanima.

# 8.

Aveva smesso di piovere. L'aria era limpida. In strada non c'era anima viva. Dal lago arrivava il suono delle campane attaccate dai pescatori alle reti, un suono un po' funebre: annunciava che i pesci avevano abboccato alle esche.

Il Perini si avviò verso il Caffè dell'Imbarcadero. Camminava lentamente, ascoltando il tacco delle scarpe scrocchiare sul marciapiede. Giunto a pochi passi dalla porta del caffè rinunciò a entrare: si piazzò davanti alla vetrina e guardò dentro, invadente e curioso. Vide Romano che leggeva il giornale, il padrone impegnato in una partita a carte con due clienti e Deilde in piedi dietro il banco di mescita. La ragazza lavava i bicchieri.

«Chi diavolo mi ricorda?» si chiese Marco Perini.

Lei lo vide e si spaventò, lasciando cadere sul banco un calice che andò in frantumi. L'emozione le accese il volto. Allora il Perini ricordò a chi assomigliava la ragazza e ne fu così turbato da doversi sedere sulla panca di pietra che era lì pronta accanto alla porta.

# 9.

Il padrone dell'albergo, fingendo di occuparsi dei suoi magri conti, lo stava aspettando. Aveva spento le luci, tranne un piccolo abat-jour al banco della reception. In sala il Perini intravide un tavolo già apparecchiato per la colazione del mattino, il suo. S'avvicinò al tavolo, spostò la tazzina e il piattino e scoprì quello di cui aveva sospettato l'esistenza: una macchia di vino rosso. Il padrone si alzò per andargli incontro.

«Signore!» chiamò.

Il Perini si girò ironicamente a guardare la porta, fingendo di controllare chi altri fosse entrato oltre a lui. Poi, prima di rispondere, si infilò in bocca una sigaretta.

«Dite a me?» chiese, espirando fumo.

L'albergatore tirò su col naso. Il riporto dei capelli gli si era scomposto come se avesse subìto una folata di vento: gli si era trasformato, sul cranio gibboso, in una cresta.

«Senta, sentite, signore, io non voglio guai», dichiarò il Quintini con tono implorante.

«Nemmeno io!» s'affrettò ad assicurare il Perini, avviandosi verso la scala che portava alle camere.

«Ecco!»

Abate Quintini giunse le mani al petto, esprimendo arrendevolezza.

«Ecco cosa?» chiese il Perini. «Non potreste essere chiaro ed esplicito?»

L'albergatore tirò ancora su col naso.

«È stato qui il maresciallo dei carabinieri!»

Mezz'ora prima, non di più, chiarì. Era entrato mentre il Quintini stava preparando il tavolo per la colazione. Aveva salutato, aveva lasciato che finisse di organizzare. Poi, con calma, aveva chiesto al padrone di mostrargli il registro delle presenze. Lui s'era sentito venir meno. Col registro in mano, prima che il maresciallo vi potesse gettare un'occhiata, aveva riferito il motivo per cui il suo unico ospite non era ancora stato registrato. E il maresciallo aveva annuito, dimostrandosi comprensivo. Ma poi, quando il Quintini, offerta una grappa al militare, gli aveva assicurato che la formalità sarebbe stata espletata al più tardi l'indomani, il maresciallo aveva fatto un gesto eloquente: aveva dato una sberla all'aria, come per buttarsi la faccenda alle spalle. E, subito dopo, poiché il Quintini non aveva afferrato il senso del messaggio, gli aveva comunicato che «per il bene della comunità» era giusto chiudere un occhio: il maresciallo gli aveva anzi «consigliato» di non occuparsi dell'identità del cliente.

«È tutto?» chiese il Perini.

«Mi ha pregato di dirvi se potete recarvi domani in caserma, a vostro comodo.»

Il Perini annuì.

«Avete finito?»

«Sì, è tutto.»

Allora il Perini, in evidente, segno di disprezzo, buttò la cicca per terra e la spiaccicò proprio davanti al banco, mentre l'albergatore fletteva in avanti il busto, come in un inchino.

# 10.

Romano aveva il doposbronza dubbioso. Se ne andò a casa camminando a testa alta, per decifrare i disegni delle nuvole mobili dietro la luminescenza lunare. Passando davanti all'albergo Il Cavallino, notò una finestra ancora illuminata. Pensando che fosse la camera dello straniero, si fermò per liberarsi di un certo peso contro il muro.

«Davanti al Cavallino / con grande gioia orino», canticchiò con un'intensa esaltazione.

Poi, immaginandosi cavaliere senza macchia e paura in groppa a un cavallo, si mise a correre verso casa, imitando con gli schiocchi della bocca lo scalpitìo degli zoccoli sul selciato.

Voltando l'angolo della contrada andò a sbattere contro un uomo. Cavallo e cavaliere scomparvero in un istante. Romano bofonchiò scuse e a passi incerti raggiunse la sua casa.

La mattina si svegliò starnutendo. Aveva lo stomaco in fiamme, la testa confusa e pesante. Restò sdraiato sul letto e ripensò alla sua vita, esercizio cui faceva ricorso quando voleva dimenticare un fastidio.

Gli piaceva pensare di essere stato abbandonato su una scalinata di chiesa, anche se la prepositurale di Bellano non aveva che un paio di scalini. Era stato affidato alla carità della parrocchia dalla levatrice che l'aveva fatto nascere. Sua madre era morta di parto. Del padre non c'era traccia. Il parroco se l'era tenuto in casa un paio di giorni. La perpetua l'aveva accudito, le pie donne vezzeggiato, per sparire appena il prevosto aveva chiesto chi, tra loro, era disposta ad allevarlo. Il parroco l'aveva sistemato con qualche difficoltà nel brefotrofio retto dalle suore di Betlemme. Il neonato era l'unico maschio tra oltre quaranta orfanelle.

Era stato battezzato a un mese dalla nascita. Il nome l'aveva scelto la superiora dell'Istituto, suor Veneranda.

«Romano», disse. «Come un mio fratellino morto di croup.»

Il cognome l'aveva inventato il prevosto.

«Vitali senz'altro! Ce ne sono talmente tanti in questo paese, che è probabile che il padre sia uno di loro.»

Suor Speranza si era impegnata a insegnargli a leggere e a scrivere. Attorno ai dieci anni Romano era divenuto una specie di factotum del brefotrofio: aiutava nell'orto, sbrigava faccende in paese, fungeva da portiere dell'Istituto. Aveva una sua stanzuccia, serviva messa quando il parroco celebrava nella cappelletta dell'orfanotrofio. Era la gioia delle suore, perché cantava, come solista, nel coro. La domenica, con indosso una divisa di panno grigio confezionata appositamente, guidava il gruppo delle orfanelle che scendeva in paese per la messa delle dieci.

Il dodicesimo compleanno di Romano era stato memorabile. Il parroco, giudicandolo cresciuto, aveva detto alla superiora che era giunta l'ora che Romano abbandonasse l'Istituto. L'avrebbe tenuto in parrocchia e avviato al mestiere di scaccino. La superiora si era opposta ma, statuto alla mano, l'aveva spuntata il parroco. Tra rimpianti e qualche lacrima, il bambino aveva lasciato l'Istituto ed era andato a occupare una stanza della canonica. Diventato chierichetto a tempo pieno, aveva servito tutte le messe, avviandosi all'apprendistato di sagrestano.

Fino ai sedici anni, Romano non aveva avuto turbamenti. A quell'età aveva invece intuito che la carriera di sagrestano non era fatta per lui; l'aveva svegliato, più che l'attrazione per l'altro sesso, la scoperta della letteratura. Nella soffitta della canonica, mentre cercava, per ordine del curato, certi vecchi candelabri che dovevano servire a una rappresentazione teatrale della filodrammatica, aveva rinvenuto un baule pieno di libri.

L'aveva attratto un volume con le poesie di Carlo Porta. Aveva creduto fosse il Carlo Porta di Pradello, il falegname che costruiva anche casse da morto. Un giorno che il parroco l'aveva svegliato dal sonnellino pomeridiano, per chiedergli di andare ad acquistargli un cachet, era successo questo.

«Cosa avete?» aveva domandato Romano.

«Ho mal di denti!» aveva risposto il parroco.

«Dolor de dent? On cazz che te bozzira!» aveva commentato Romano citando Porta.

Il curato era rimasto di stucco, ma non aveva svelato subito l'arcano. Sulla pista buona l'aveva messo, la domenica dopo, il fatto di sorprendere il chierico che, mentre insidiava una giovane dama della San Vincenzo, Carolina Befani, recitava i versi: «Carolina Carolina minga in gesa per amor».

Poiché Romano, abbandonato ogni ritegno, s'era messo a comporre dei versi sguaiati che declamava seduto sul piedistallo del monumento al Grossi, il prevosto l'aveva fatto assumere dalla Navigazione Lariana: lì, invece di distrarre beghine, avrebbe potuto accalappiare turiste. Purtroppo, sull'imbarcadero Romano aveva incontrato Deilde e, ormai, per dirla col Porta, «seva col coeur in mezz a sti cortij».

# 11.

La sala d'attesa della caserma odorava d'inchiostro: l'arredavano tre poltroncine spaiate con i braccioli usi e un tavolinetto basso con due numeri sgualciti di «Le vie del mondo». Nel corridoio c'era odore di truppa, odore di sudore e di urina. Il Perini decise di aspettare il maresciallo guardando da vicino, nel corridoio, alcune stampe in bianco e nero che raffiguravano cariche di carabinieri a cavallo. Notò che, in un angolo sul muro, era stato graffiato un quasi invisibile «abbasso il Re»: vi stava camminando sopra un ragno.

Poi, guidato dal piantone, il Perini raggiunse con una certa flemma l'ufficio del maresciallo che era un uomo massiccio, troppo grosso per la scrivania e per la sedia nella quale pareva incastrato. Aveva baffi quasi bianchi e si soffregava le mani una nell'altra producendo un rumore come di carta vetrata: l'età e la vita all'aria aperta avevano reso la sua pelle particolarmente secca.

Il Perini guardò in giro. I suoi occhi misero a fuoco uno scaffale stracolmo di faldoni, una raccolta di calendari con foto di concorsi ippici, due ritratti, del Re e del Duce, il primo polveroso e il secondo storto.

«Voi siete Marco Perini, residente a Monaco, rue Seige 16, di anni quarantotto?» attaccò il maresciallo.

«Sissignore!»

Il maresciallo registrò con benevolenza la risposta spiccia e garbata. Si fregò le mani con sempre maggiore soddisfazione.

«Bene, signor Perini, devo avvisarvi che la vostra convocazione... meglio, l'invito che vi ho rivolto a venire qui, non ha un carattere... diciamo ufficiale. Voi potreste anche rifiutare, insomma andarvene, non farei niente, non potrei fare niente!»

Il rumore delle mani indicava un certo nervosismo.

«Faccio conto sulla vostra cortesia e sulla vostra pazienza.»

«Disponete», disse il Perini. Chiese se poteva fumare. Offrì e accese una sigaretta.

«Veniamo al dunque», riprese il maresciallo. Aprì un cassetto della scrivania e ne tirò fuori una busta gialla. Continuò: «Ieri ho ricevuto questa», disse.

Allungò la busta. Il Perini la prese, poi guardò il maresciallo con fare interrogativo.

«Leggete, leggete pure.»

Marco Perini tirò fuori il messaggio e lesse.

Non sarà certo sfuggito all'autorità l'arrivo di un cert'uomo dall'aria lugubre. Sappia l'autorità che ignobili non possono che essere le sue intenzioni, poiché ignobile è il traffico che da sempre organizza. Non credo sia possibile tollerare la sua presenza nel nostro paese. Uomo avvisato...

*Un amico*

«Secondo voi chi l'ha scritta?» chiese il Perini.

«È anonima!»

Le dita della mano destra del maresciallo tambure llarono sulla scrivania, poi si ricollocarono nel cavo dell'altra mano.

«Il vostro mestiere non ci riguarda», proseguì il maresciallo. «Il punto è un altro.»

Il carabiniere prese fiato, si lisciò i baffi.

«Signor Perini», lo struscìo delle mani si arrestò, «che intenzioni avete?»

Il Perini non rispose. Guardò il Re, il Duce, il maresciallo e stava quasi per scattare sull'attenti dal ridere.

Il maresciallo proseguì.

«Siete stato visto adocchiare... diciamo così... con una certa insistenza, la signorina Deilde! Per motivi professionali?»

«Non diciamo stupidaggini!»

«Possiamo stare tranquilli?»

Il Perini annuì, anzi giurò alzando la mano destra nel saluto romano.

Allora il maresciallo, asciugandosi la fronte imperlata di sudore, sentenziò:

«Noi dobbiamo, noi vogliamo, noi possiamo stare tranquilli!»

Al Perini sembrò che il maresciallo imitasse Mussolini quando sbandierava sicurezza dal suo balcone romano di piazza Venezia.

# 12.

Il forestiero uscì dalla caserma che mancavano pochi minuti alle dieci. Il notaio Dellera lo stava aspettando al Caffè dell'Imbarcadero: avevano in programma l'inventario degli immobili dell'eredità. C'era un po' di nebbia e il sopralluogo si preannunciava avventuroso come una ronda. Il notaio notò che il Perini aveva la faccia smorta di chi aveva dormito male: chi lavora col Diavolo, pensò, vive sempre in allerta.

Il Perini gli raccontò dell'incontro col maresciallo e il notaio, pur seguendo il racconto con un sorriso, si sentì un poco in colpa. Ma quando gli fu riferito della lettera anonima, tirò il fiato: altri, e ben più astuto, era il colpevole della rabbia del forestiero, che aggiunse:

«Se non è stato lei a spedire la lettera o se non è stata la sua pudicissima segretaria, vuol dire che c'è qualcun altro che sa, in paese!»

E, così dicendo, il Perini si sfilò la lettera dalla tasca e la sventolò davanti al naso del notaio.

Sventolandola, avvertì uno strano odore: come di naftalina o di alloro bruciato o di carburo o... Ebbe un'improvvisa illuminazione.

"È odore d'incenso", pensò, e si sentì turbato come gli fosse stato annunciato l'arrivo dell'Inquisizione.

## 13.

Notaio e forestiero camminavano adesso verso la banca. Il notaio batteva il selciato con un elegante bastone di malacca. Il Perini fece una breve sosta davanti alla vetrina di un negozio di generi alimentari.

«Ci venivo a comperare i fregüi quand'ero bambino», disse.

«Prego?»

«Per pochi centesimi, ci davano dei cartocci con quello che rimaneva sul fondo delle scatole di biscotti. Fregüi, briciole.»

Il notaio sorrise.

«Nostalgia?» chiese.

«Delle briciole? Figurarsi! Non mi sono mai accontentato delle briciole.»

In banca non c'era alcun cliente. Il locale degli sportelli era arredato modestamente. Alle pareti alcuni manifesti invitavano, in nome dell'autarchia, al risparmio: «Un popolo che lavora è un popolo che risparmia», declamava uno slogan firmato dal Duce.

Un impiegato continuò a muovere la manovella di una calcolatrice, un altro li accompagnò dal direttore dell'agenzia che li ricevette in piedi dietro la scrivania: il collo stretto in un colletto rigidissimo, scattò in un saluto romano che mise in mostra un vistoso anello d'acciaio al mignolo destro.

Sulla sua scrivania il Perini notò una copia della rivista femminile «Lei» e una copia del giornale umoristico «Travaso». Il bancario chiese cosa desiderassero bere.

«Un Bitter Campari?» propose più volte.

Gli ospiti rifiutarono entrambi: il notaio perché era rigorosamente astemio, il Perini perché aveva provato una subitanea antipatia per tutto l'insieme della banca, direttore, impiegati e servizi compresi.

Il bancario snocciolò un po' di cifre, parlando di buoni del tesoro e interessi: stava in piedi, come se tenesse un discorso.

«Il totale quant'è?» lo interruppe il Perini.

«Prego?» chiese il direttore.

«Dico, a quanto ammonta la somma?»

La brutalità della domanda non piacque al direttore.

«Cinquantacinquemila», scandì. «Lira più lira meno. Un patrimonio!»

Il Perini non riuscì a controllare un'espressione di sorpresa. Il direttore la notò. Approfittò allora per tessere l'elogio dei defunti Perini con tale entusiasmo da provocare nel figlio un senso di colpa.

«Ce ne fossero di risparmiatori così!» ribadì il direttore, mentre il notaio si limitava ad annuire.

«Bene», disse il Perini, «preparatemeli.»

Il direttore cadde a sedere.

«Intendete i soldi?» si informò il direttore. La voce gli tremava.

«Certo!» confermò il Perini.

Il direttore deglutì.

«Ma, signor Perini... Noi vi faremmo delle condizioni agevolate... Insomma un trattamento di favore...»

«In una borsa, per cortesia», quasi intimò Perini.

Il direttore si tolse l'anello dal mignolo. Gli scivolò per terra e finì tra le gambe del notaio che lo raccolse e lo posò sulla scrivania.

«Ecco», azzardò il direttore. «Non credo di avere tanta disponibilità in questo momento.»

«Provate a controllare», suggerì il Perini.

Il direttore lasciò, imbronciato, l'ufficio.

«Gli state dando una bella botta», commentò, quasi complimentandosi, il notaio.

Il direttore rientrò, annunciando:

«Disponiamo di quindicimila lire», e sospirò, lasciando cadere le braccia.

«Per oggi bastano», disse il Perini. «Il resto a dopodomani.»

«Proprio non ci volete pensare? Ascoltare le mie proposte?»

«Le ho sentite e scartate», concluse il Perini.

Il direttore chinò la testa, sconfitto.

«La borsa col denaro vi verrà consegnata dal cassiere», chiarì, per poi sparire senza un saluto. Gli era venuta la cacarella.

«Gli avete dato due belle botte», si corresse il notaio sulla soglia della banca.

«Vale a dire?» domandò il Perini, mentre si incamminava verso il molo.

«Voi estinguete il deposito e portate via tutti i soldi. Lui non li ha e deve chiederli alla sede di Lecco. Così laggiù vengono a sapere non solo che il nostro direttore perde un cliente della sua portata, ma anche che la filiale di Bellano resta scoperta per un paio di giorni almeno. Una doppietta da K.O.!»

«Vi dispiace?» chiese il Perini.

«Figurarsi! È diventato direttore di filiale per meriti politici. L'unica cosa che gli riesce bene è fare la marionetta in orbace il sabato.»

«Lui?» chiese il Perini.

«È capomanipolo della Milizia Volontaria per la Sicurezza Nazionale. E ha l'ambizione di diventare centurione.»

«Addirittura! È qui da molti anni?»

«Quattro. Con la prospettiva di restar qui per sempre. È un fesso.»

«Si concentrerà sulle istruzioni al sabato.»

«Un paio di anni fa ha varato un programma speciale. L'ha chiamato "Palestra di guerra". Prende la marmaglia e la porta in montagna. I balilla si nascondono a masturbarsi nei boschi e gli avanguardisti si rintanano al Crotto di Biosio a mangiar salame e bere vino.»

Si fermarono in piazza Grossi.

«Bene», disse il notaio. «Adesso che avete tutti questi soldi, cosa ne farete?»

Il Perini sollevò la borsa all'altezza degli occhi e chiamò Romano.

«'Giorno», salutò il battellotto, quando fu vicino al notaio e al forestiero. «Cosa c'è?»

«Quanto ti dà la Navigazione?» domandò il Perini.

«Eh?»

«La tua paga, quant'è?»

«Nove lire e trentasette centesimi al giorno», informò Romano.

«Prendi!» disse il Perini, allungando al Vitali una manciata di soldi. «La paga di tre mesi. Purché giri al largo e la smetti di spiarmi.»

«Io me ne frego dei tuoi soldi», gridò Romano, buttandoli in aria.

I biglietti da cinque lire si dispersero in aria, per poi planare sulla piazza: uno finì sugli occhi di Tommaso Grossi.

## 14.

Sull'insegna della Drogheria Alfonso Perini e figlio era fiorita qualche bolla di ruggine. Una fila di panni stesi a una finestra sopra il negozio gocciolava davanti all'ingresso. Il Perini notò che erano sette paia di mutande e una maglia di lana.

I genitori avevano raccontato decine di volte a Marco la storia dell'insegna. Suo padre l'aveva fatta dipingere non appena aveva saputo che sua moglie era incinta. S'era trattato di una specie di scommessa: il padre puntava su un figlio maschio e droghiere.

Il notaio intuì che i ricordi stavano facendo incupire l'umore del cliente e, cercando di sdrammatizzare, commentò:

«Quell'insegna è un pezzo da museo!»

La porta s'aprì con un po' di difficoltà. Entrò per primo il Perini guidato dalla luce proveniente dall'ingresso. Fece un passo dentro il negozio: l'odore di spezie, dolciumi, saponette, era immutato. E il pavimento di legno scricchiolava come quando lui era bambino; suo padre, sentendo quel rumore, sbucava dal retro con addosso l'avaiana marrone e si piazzava dietro il banco a disposizione del cliente. In realtà un campanello c'era, ma serviva per quelli di casa. Lui ci aveva giocato per anni, facendo correre in bottega la madre.

Perini andò dietro al banco, scrisse qualcosa sulla polvere che poi cancellò e osservò gli scaffali: il notaio, fermo in mezzo al locale, sembrava una statua di cera.

«Cosa vi posso servire?» gli chiese il Perini senza alcuna allegria.

Il notaio si girò a guardarlo. S'avvicinò al banco e appoggiò il bastone.

«Signor Perini», chiese, «posso sapere che intenzioni avete riguardo al negozio?» Ma capì subito di aver sbagliato il tempo della domanda.

«Saliamo a vedere la casa», propose il Perini divagando.

Salirono: il Perini davanti, lento e pensieroso, dietro il notaio che già pregustava l'affare. Entrambi zitti si accomodarono in cucina. Di lato alla stufa a legna, sulla parete, il calendario di Frate Indovino era fermo all'ottobre 1937.

«Quante volte ho sputato da quella finestra», precisò il Perini al notaio, indicando la finestra di cucina che dava sul vicolo.

«Sputato?»

«Sì, sputato sulla testa di chi passava sotto. Attaccavo il campanello del negozio e mi appostavo alla finestra. Quando passava qualcuno gli sputavo in testa e poi contavo. Se il campanello suonava prima che arrivassi a cinque, voleva dire che il passante era entrato in negozio a lamentarsi. Una volta ho anche sputato in testa a mio padre! Non l'avevo riconosciuto.»

Il notaio sorrise.

«Voi non avete mai sputato sulla testa di qualcuno?» chiese il Perini.

«No, che mi ricordi no.»

«Vi manca un'esperienza.»

Il notaio si sedette su una sedia della cucina, incurante della polvere. Il Perini lo lasciò per andare a fare il giro delle altre stanze. Quando fece ritorno, vide che il Dellera stava giocando con un piccolo vaso.

«Guardate di non romperlo», lo avvertì, «quello è il vaso della zia Egle!»

Il notaio s'avvide che il suo cliente stava sorridendo. Dopo i musi, l'allegria: il sopralluogo lo stava rianimando.

«Di chi, scusate?»

«Della zia Egle. Una vecchia amica di mia madre. Una donna che s'era sposata con un inglese ed era andata ad abitare in Inghilterra. Quando il marito morì, lei ritornò in Italia e se lo portò dietro.»

Il notaio sorrise.

«Il marito o il vaso?» domandò.

«Il marito dentro il vaso che avete in mano! Nel testamento il marito della zia Egle aveva disposto d'essere cremato. E aveva chiesto alla moglie che le proprie ceneri venissero disperse nel lago. La zia Egle gli ha disubbidito in parte: la polvere residua del vaso sono i resti del defunto. Quel vaso è l'urna funeraria del colonnello Reginald Scott.»

Il Dellera posò imbarazzato il vaso, commentando:

«Gente eccentrica, gli inglesi. Fa bene Mussolini a diffidarne.»

«Alle vostre spalle c'è il ritratto della zia Egle», lo informò Marco.

La donna portava la treccia raccolta sul capo ad aureola e aveva un gran naso, con un piccolo porro molto ridicolo.

«Voi non avete mai sentito parlare di questa storia delle ceneri?»

Il notaio disse di no, dichiarandosi estremamente curioso.

«La zia Egle era venuta in Italia con lo zio nel vaso. Pensava di ritirarsi in una villetta a Bellaria, sulla Riviera Adriatica ma, per obbedire alle ultime volontà di Reginald, era prima passata a far visita a Bellano e al suo lago, dove si fermò ospite di due amiche. Le amiche erano di quelle zitelle che si svegliavano presto per andare a messa tutte le mattine e poi passavano la mattinata al mercato e ai fornelli. Una mattina che una delle amiche era andata con zia Egle a far la spesa, l'altra si mise a preparare gli gnocchi, che risultarono di un sapore un po' acidulo, perché alle patate e alla farina bianca era stata aggiunta quasi tutta la polvere grigia, di sapore e odore vagamente aromatico, che la zia aveva portato dall'Inghilterra nel vaso adesso collocato su una mensola della cucina. Siccome il soggiorno in Inghilterra le aveva insegnato un certo autocontrollo, o understatement come dicono loro, zia Egle si limitò a dire alle amiche, salutandole prima di prendere il battello per Como: "Siete delle cannibali".»

Il notaio scoppiò a ridere. Il Perini ricollocò il vaso al suo posto e chiese:

«Avete già sottomano degli acquirenti, per il negozio e per la casa?»

Il notaio confermò premuroso e informò che gli eventuali clienti avrebbero pagato bene, e subito: volevano trasformare in caffè il negozio.

«Bene», annunciò il Perini con divertita e dispettosa felicità, «dite loro che la drogheria Perini non è in vendita!»

Poi, siccome era passato mezzogiorno, si misero d'accordo di andare a pranzo, ciascuno per proprio conto, e di rivedersi dopo la pennichella, per riprendere la visita del paese e delle proprietà Perini.

## 15.

Marco Perini si diresse verso il molo, quindi sul lungolago. Dal cielo erano sparite le nuvole. S'era alzato un po' di vento. Ripensò all'insegna su cui il padre aveva scommesso il futuro proprio e del figlio.

Scommettere era forse anche per lui l'unico sistema per prendere una decisione. Gli venne un'idea. Si palpò la tasca dei pantaloni dove teneva le sigarette.

«Se ce ne sono più di cinque, resto, sennò vado via, oggi stesso», pensò.

Tirò fuori il pacchetto, l'aprì. Le sigarette erano quattro. Ne fumò subito una e, dopo aver buttato la cicca nel lago, si avviò verso Il Cavallino.

Il signor Quintini stava lavando la macchia di piscio lasciata da Romano.

Il Perini andò in camera e si buttò sul letto. Verso l'una fumò l'ultima egiziana, poi, spenta la cicca nel cesso, si lavò e si pettinò con cura. Scese, pagò il conto, andò all'imbarcadero, fece il biglietto: il battello partiva alle quindici e trenta. Romano, felice, lo trattò con premura. Gli allungò addirittura una Serraglio, che Marco aspirò con il gusto di quando le rubava a suo padre per andare a fumarsele in solaio.

Ma arrivò trafelato il maresciallo.

«Ho avuto fortuna!» constatò il militare. «Siete ancora qui.»

Prese sottobraccio il Perini e lo obbligò a spostarsi oltre l'imbarcadero.

«Questa mattina ho ricevuto una seconda lettera anonima, che poi...»

Il maresciallo s'interruppe come per riprendere fiato.

«Che poi?» lo incalzò il Perini.

«Che poi», riprese il maresciallo, «è anonima fino a un certo punto.»

Il Perini guardò verso il lago. Vide il battello, un puntino bianco ancora lontano.

«Cosa significa anonima fino a un certo punto?»

Il maresciallo suggerì:

«Lo prendereste un caffè? Di certe cose non si parla in piazza.»

Il battello avanzava lentamente. Il Perini calcolò che c'era il tempo per il caffè e per la confessione del carabiniere. Li servì la Deilde, gentile e curiosa. Poi il Perini sentì il maresciallo sibilargli all'improvviso in un orecchio:

«Signor Perini, da uomo a uomo, voi avete a che fare, o avete avuto a che fare, con una signora conosciuta col nome d'arte di Zita?»

Proprio in quell'istante gli occhi del Perini reincrociarono gli occhi di Deilde.

La risposta era lì, in quello sguardo tagliente come un rasoio.

Zita l'aveva conosciuta bene. L'aveva incontrata a Milano nell'aprile 1911, quando lui aveva ventun anni. E quell'incontro aveva segnato l'inizio della sua carriera di procuratore.

# SECONDA PARTE

# 1.

Nel 1911 Marco Perini non aveva ancora un lavoro. Era solo un droghiere predestinato. Ma non si sentiva adatto a servire i clienti: era convinto d'esser nato per essere servito.

Le rare volte che, in assenza dei genitori, doveva curare la bottega, se ne stava seduto dietro il banco con la «Domenica del Corriere» aperta sulle ginocchia. Leggeva e rileggeva le puntate di *La Primula Rossa*, romanzo d'appendice della baronessa Orczy, sognava di ballare il tango con una sciantosa e si immaginava esperto nel «bacio alla francese», banalmente chiamato anche linguainbocca.

Se si doveva alzare per tirar su una saponetta, un profumo o una boccia di varechina, sospirava annoiato, consolandosi al pensiero che la sera avrebbe potuto attingere senza restrizioni alla cassa: i genitori, comprensivi verso le sue necessità, erano di borsa larga. Suo padre lo ricattava, però, con prediche circa il futuro e la necessità di avere un impiego; lui commentava con massime tipo: «Il futuro ha le ali corte»; oppure: «Un'ora non aspetta l'altra».

«Mi avete aspettato sedici anni», disse un giorno. «Significa che sapete essere pazienti. Siatelo ancora un po'!»

Marco era nato dopo sedici anni di matrimonio dei genitori, quando il padre non credeva più alla possibilità di avere un figlio. All'età di trentotto anni la moglie Elisabetta partorì invece un maschio. Il bambino, fino al momento di iniziare le elementari, crebbe protetto e vezzeggiato. Nei primi due anni di scuola patì, invece, la promiscuità: così dicevano i genitori per giustificare il suo scarso rendimento. L'unica cosa che gli evitò di finire nella fila degli asini fu il fatto che il severissimo maestro Crispini era coscritto di suo padre e cliente moroso della drogheria. Bocciato in terza, Marco venne affidato a un precettore che gli fece guadagnare la licenza elementare. Ottenuto il diploma, bruciò libri e quaderni, dando chiaramente a intendere che non voleva proseguire gli studi.

A quattordici anni offrì la prima dimostrazione di quello che era. Accadde il giorno della Festa degli Alberi. C'era da fare una consegna in casa del direttore didattico. Marco insisté perché il servizio gli venisse affidato. Sapeva infatti di trovar sola Licia, la generosa servotta di casa, poiché il direttore, con la moglie e la figlia Adelina, presenziava alla festa. Non poteva prevedere il leggero malore che colse Adelina, da poco dimessa dal sanatorio di Pineta di Sartenna, e che obbligò la madre a riaccompagnarla a casa subito dopo il discorso del padre. Madre e figlia sorpresero la serva completamente nuda e il Perini con i pantaloni alle caviglie mentre tentavano una copula nel corridoio. Adelina svenne. Le grida della madre fecero accorrere tutto il caseggiato. Ne conseguì uno scandalo di cui il parroco fece parola nell'omelia domenicale.

I Perini allontanarono il figlio dal paese. Lo mandarono da una zia di Magenta presso la quale Marco stette circa un anno. Quando tornò non parlava d'altro che di teatro: a Magenta aveva fatto parte di una filodrammatica e s'era invaghito del palcoscenico. Brigò per mettere assieme in paese una piccola compagnia e con i buoni uffici di suo padre riuscì a ottenere il permesso di usare il teatro dell'oratorio.

Da Magenta Marco Perini s'era portato una tragicommedia intitolata *L'alcova del Conte*, opera di un trevigiano, tal Gerardo Ventosin: sei personaggi, due quadri e un finalino morale. Era la storia di tal conte Aurelio che durante un duello, nel fiore degli anni e fresco sposo, veniva evirato. Privo dei suoi attributi, decideva di abbracciare, anziché la contessa, la meditazione. La consorte dapprima si disperava, poi s'arrendeva alla realtà. L'alcova, da luogo di vizio, si trasformava in luogo di redenzione. Al coro dei servi era affidato il compito di pronunciar battute, evidenziare doppi sensi e far ridere il pubblico. Dopo la quarta prova, in paese corse voce che Marco Perini stava per mettere in scena una commedia che parlava «de un om senza i bal». Il parroco s'insospettì, volle verificare la diceria e assistette a una prova: non la fece andare oltre la metà. Cacciò tutti, gridando giaculatorie.

La cattiva riuscita dell'impresa teatrale cementò l'amicizia del gruppo di attori di cui il Perini divenne il capo. La politica ne infiammò gli animi nel 1908. L'occasione venne fornita da una bega che sorse tra la Prevostura di Bellano e il Santuario di Lezzeno. Le elemosine del Santuario venivano generalmente ritirate dal prevosto di Bellano che aveva cura di far dire al Santuario le messe domenicali e delle altre festività. Una nobildonna milanese, devota della Madonna di Lezzeno, destinò, morendo, un grosso lascito al Santuario affinché potesse avere un prete fisso. Il prevosto non gradì la soluzione: per la parrocchia era una grossa perdita. I fedeli bellanesi si schierarono dalla sua parte: Lezzeno non si doveva staccare dalla Prevostura di Bellano. Ne nacque una questione che in breve assunse toni aspri e provocò, contro le pretese del Santuario, addirittura uno sciopero degli operai del Cotonificio Cantoni alla testa dei quali, per amor di cagnara, si mise Marco Perini.

Il Santuario non ebbe il prete fisso. L'attivismo di Marco e della sua squadra venne sfruttato da elementi di fede socialista che stavano preparando le elezioni del marzo 1909 a sostegno del libertario lecchese Mario Cermenati. Alfonso Perini cominciò a passare notti insonni: il Cermenati, in un foglio di propaganda del suo avversario Giorgio Falck, veniva definito «ateo, bestemmiatore della Fede, nemico dei sacerdoti e cremazionista». Perini padre minacciò di cacciare il figlio di casa e lo fece: Marco visse una settimana in una soffitta messagli a disposizione dal notaio Pedretti. Poi il Cermenati diventò onorevole, ma a Bellano raccolse solo 130 voti, mentre il fronte clerico-moderato del Falck ribadì la propria supremazia. Marco capì di essere salito sul treno sbagliato. Cambiò attività. Alla passione politica sostituì quella sportiva. Così, nel 1909, sull'onda dell'emozione provocata dalla sfortunata impresa di Dorando Petri alle Olimpiadi di Londra, la squadra del Perini decise di fondare una società sportiva di cui Marco venne nominato presidente. Cominciarono con una questua di finanziamento che fruttò ottanta lire: un mese dopo nacque la «Virtus Bellanese». Ma la società non organizzò mai competizioni, perché Perini e soci spesero tutti i soldi in tre feste per Dorando Petri organizzate a Sondrio, Colico e Bergamo. Più tardi, agli inizi del 1910, il Perini e due amici, uno figlio del direttore della filiale del Piccolo Credito Lecchese, l'altro discendente dello scultore Antonio Tantardini, rischiarono una denuncia, perché «mascherati da donna e con movenze femminee», avevano cercato di circuire il capostazione estorcendogli la somma di dieci lire.

## 2.

Durante le vacanze di Natale del 1910 Marco aveva conosciuto un tale che si spacciava per pittore. Era milanese, esuberante, ben disposto a tutte le avventure che la compagnia inventava, sempre pronto a deporre il pennello. In casa del sedicente pittore il giovane Perini e gli amici festeggiarono San Silvestro e decisero di chiamarsi «La compagnia di Halley», perché quello che finiva era l'anno in cui era ricomparsa in cielo la famosa cometa.

Una volta che fu partito, subito dopo l'Epifania, del pittore non si seppe più nulla: né Marco e gli altri ebbero il desiderio di rivederlo. Ma una sera di pioggia il Perini suggerì di prenderlo come scusa per un viaggetto a Milano. Il giorno dopo informarono tutti le famiglie che il loro amico pittore li aveva ritratti e desideravano andare a vedere il quadro. Le famiglie scucirono i soldi.

Arrivarono a Milano eccitatissimi, ma nel tempo che impiegarono per uscire dalla stazione si sgonfiarono come palloncini. Girarono disorientati per la città: perplessi, attoniti, silenziosi. Dalle parti di piazza Duomo una piccola folla, che gridava, rideva, applaudiva, li attirò verso la Galleria Vittorio Emanuele, dove sfilavano a braccetto due donne che indossavano scandalose jupes-culottes.

A metà pomeriggio s'infilarono al Manzoni a guardare uno spettacolino di varietà farcito di ballerine spacciate per francesi: protetti dalle mezze luci della platea, ritrovarono un po' di sicurezza, sentendosi complici di sogni ed evasioni. Quando uscirono dal teatro era ormai sera: ridarelli e avvampati, si avviarono verso un casino di via Fiori Chiari. Marco Perini tirava il gruppo.

Varcarono la soglia della casa di tolleranza in fila indiana, come bambini all'asilo. L'atrio che li accolse era invaso da una luce diffusa, calda, dai toni rossi: Marco si sentì al sicuro, come Pinocchio nella pancia della balena. Un quarto d'ora dopo, in una camera impregnata di odore di talco e d'incenso, si fece spogliare da Zita e se ne innamorò.

## 3.

Nel pomeriggio del 14 febbraio 1911, giorno di San Valentino, Zita vide ritornare in camera, come primo cliente, Marco Perini, che le propose di sposarla. La donna pensò di avere a che fare con un esaltato e cercò di farlo ragionare. Marco Perini, fiutò la diffidenza di Zita e, impegnandosi a pagare la doppia, la tripla, la decima, si mise a raccontarle la sua vita. Le disse della scuola, delle lunghe ore noiose, degli amici, della drogheria, del padre. Le raccontò l'avventura vissuta a quattordici anni in casa del direttore didattico.

«Quello fu il vero inizio delle mie disgrazie», affermò, «perché da allora le nostre due famiglie non si rivolsero più la parola. A me andava bene così. Invece due anni fa a Bellano fondarono la "Dante Alighieri". Offrirono al direttore didattico la carica di presidente e a mio padre quella di segretario. Il direttore rifiutò, con mio padre non voleva aver niente a che fare. Quando mio padre seppe il motivo del rifiuto, patì in silenzio per qualche giorno, poi mi chiese di riparare all'affronto: se non andavo a casa del direttore a chiedere scusa, mi avrebbe tagliato i viveri. Andai. C'era tutta la famiglia. Accettarono scuse e cioccolatini di cui Adelina era ghiotta. Poi il direttore attaccò a parlar dei giovani e del futuro, le stesse prediche che faceva mio padre e alla fine sparò il colpo: disse che era disposto ad aiutarmi a preparare gli esami per diventare ragioniere. Capii che dietro c'era mio padre, ma potevo dire di no? Mi toccò frequentare la casa del direttore e Adelina tutti i giorni tranne il sabato. Quando il padre spariva, la ragazza compariva: come va, come non va, vuole un bon-bon, vuole uno zuccherino... Cominciai a mangiare la foglia. Studiai, diedi gli esami, divenni ragioniere. Il mese scorso, un sabato, mio padre mi disse di non prendere impegni per la domenica. Avevamo a pranzo il direttore e tutta la sua famiglia. Una tragedia! Nel tempo del pranzo, mio padre e il direttore bacucco organizzarono cene, gite e pranzi di famiglia per almeno sei mesi. Parlavano di noi, dicevano il Marco e l'Adelina, una smortona, febbricitante, sempre vestita di pizzi, e per giunta vegetariana! Due settimane fa i miei sono andati a Caravaggio a pregare per la felicità mia e di Adelina. Ma la goduria, se non la felicità, io ho deciso di cercarla altrove. Eccomi qui!»

Zita, che l'aveva ascoltato pazientemente, lasciò scorrere qualche istante di silenzio.

«Va bene», disse. «Ma non capisco cosa posso fare io per te. Ho dieci anni di più e credo che si vedano tutti.»

«Non tutti...» azzardò il Perini.

«Figurarsi! Una che fa la vita!»

«Molte avventure?» chiese golosamente Marco.

«Avventure? Sta' a sentire, ciccio. Io ero la quarta di nove figlie e non so nemmeno più il nome del posto dove sono nata. Era dalle parti di Crema, mio padre aveva un fondo a mezzadria. Ricordo che le mie tre sorelle maggiori lavoravano già in campagna quando mi ammalai di febbre tifoide. Avevo tredici anni. Stetti a letto due mesi, tra la vita e la morte.

Quando guarii, il dottore proibì a mio padre di impegnarmi nei lavori pesanti. "Cosa ne faccio allora?" fu il commento di mio padre. Per un po' aiutai in casa mia madre martoriata dai reumi. Poi una sera, due giorni dopo il mio quattordicesimo compleanno, mio padre annunciò che dovevo andare a servizio in casa di un avvocato di Cremona. L'avvocato viveva solo con una madre vecchissima e svanita. Avevano delle proprietà dalle parti di Ovada, una tenuta con vigne.

Ero con loro da circa un anno quando un giorno piombò in casa il fattore a chiedere perché l'avvocato volesse vendere la fattoria. Il buon uomo cadde dalle nuvole. Il fattore gli mostrò la copia di un compromesso di vendita firmato dalla vecchia. Era successo che, mentre un giorno lui era a un'udienza di tribunale a Voghera, un truffatore, un imbroglione, forse uno zingaro, aveva fatto firmare quella carta alla vecchia, cedendo il contratto a un mandrogno prima di sparire. Il mandrogno venne a casa dell'avvocato: era il professor Aureliano Minuletti, adesso abitante a Como, ginecologo. Disse di essere seriamente intenzionato ad acquistare la fattoria di Ovada.

L'avvocato pianse, non voleva assolutamente vendere. Il ginecologo si mosse a compassione: disse che avrebbe stracciato la carta se l'avvocato fosse stato disposto a dargli una contropartita. L'avvocato pagò una penale e mi regalò al ginecologo.

Stando col Minuletti capii cosa significa essere ricchi: villa, auto, argenterie, sete, tappeti, una grande libreria. Un giorno buttai per terra un paio di libri: dei trattati con figure, disegni... Il professore mi sorprese a guardare, mi prese alle spalle e, disse: "Ti interessa l'argomento?". Si sfogò. Dopo mi informò che sua moglie Miranda era frigida e lui invece piuttosto esuberante. Mi prendeva anche due volte al giorno, dove capitava. Poi successe il fattaccio. Tutti i giovedì la signora Miranda dava un tè per le sue amiche. Provvedeva a tutto la Pasticceria Belli che forniva ogni cosa, dal vasellame alla cameriera. Il professore approfittava del giovedì pomeriggio per dar sfogo a tutte le sue fantasie con me. Ma un giovedì la contessa Pellini, una vecchia puttana d'alto bordo che era venuta a Como a passare gli ultimi anni della sua vita e che era il fiore all'occhiello del salotto della signora Miranda, stette male, si strangolò con un pasticcino. La signora e le altre amiche la presero e la portarono di peso nello studio dove io stavo nuda sotto il professore in camice che mi stava spiegando la posizione a nido di rondine. Non più tardi di un quarto d'ora dopo ero in strada. Ma il professore non mi abbandonò, mi affidò alla padrona della Lanterna del Lago, un casino per i renzi della zona e la truppa. Svolsi bene il mio nuovo lavoro. Le lezioni del professore erano servite.»

Zita si fermò un momento per tirare il respiro. Poi riprese il filo della storia. Raccontò come tra i diciotto e i trent'anni si fosse legata a tre uomini di diversa età e mestiere che le avevano dato ben poco: tutti e tre le avevano anzi rubato dei soldi, l'ultimo nonostante fosse un bancario. Adesso non voleva farsi incastrare in una nuova disavventura.

Finse di assecondare il Perini al solo scopo di dissuaderlo dal suo progetto. Gli raccontò che lei a Milano aveva un piccolo appartamento dove si ritirava dopo i cicli della quindicina. Ci viveva con un barboncino: le bastava. Possedere una casa sua le piaceva, ma non aveva nessuna intenzione di mettere su famiglia. Suggerì a Marco di tornare al paese: se non l'avesse dimenticata, poteva sempre ritrovarla in casino.

Marco Perini rifletté mordicchiandosi le unghie.

«Va bene», concluse.

Zita lo accarezzò per l'ultima volta all'inguine: dopotutto le spiaceva perdere quel bel giovane. Lo guardò uscire dalla stanza sorridendo, anche se convinta che non avrebbe più riavuto i soldi che il Perini le aveva chiesto in prestito.

Arrivato a Bellano alle dieci e venti di sera, Marco vide il paese semisommerso in una spessa foschia, silenzioso, spettrale. I genitori lo sottoposero a uno stringato interrogatorio: gli amici li avevano informati che il figlio s'era fermato a Milano per valutare non si sapeva bene che proposta di lavoro; il Perini lo confermò, annunciando il desiderio di mettersi a lavorare nel varietà.

La madre si mostrò sconfortata, il padre cercò di indagare più a fondo, perché gli sembrava impossibile che il figlio potesse impiegarsi nello spettacolo come comico o ballerino; e l'ipotesi che lavorasse in teatro come maschera raccoglibiglietti gli sembrava indecorosa. Entrambi i genitori tentarono assennate proteste che spinsero Marco verso una scelta definitiva: ripartì il giorno dopo.

Si ripresentò da Zita con in mano un mazzo di fiori, annunciando:

«Non so se sono passate due o tre settimane. Credo di aver perso il conto».

Nel farlo godere compiaciuta, Zita godette anche lei.

# 4.

La passione durò sette mesi durante i quali Marco visse da mantenuto. Disponeva della casa di Zita. Si svegliava tra le undici e mezzogiorno, accompagnava la sua donna in trattoria poi in casino. Nei primi tempi se ne tenne lontano: portava Zita sino alla soglia e poi spendeva le ore del pomeriggio e della sera alla scoperta di Milano. Nel mese di marzo si dedicò prevalentemente al teatro. Vide per ben tre volte la commovente *Piccola Cioccolataia* di Gavanet, al Teatro Manzoni. Alla quarta presenza, presentandosi come amico d'infanzia dell'attrice Maria Melato, riuscì ad aver ragione delle resistenze di una cameriera di Lodi con la quale si trasferì dal foyer del teatro alla casa di Zita, spacciandola per propria.

Zita gli diede i soldi per l'acquisto di un impeccabile abito da sera e lui dal teatro passò all'operetta: applaudì entusiasta *Il milionario accattone, Il conte di Lussemburgo* e *La vedova allegra. La regina del boulevard* di Gino Marchi lo stregò, soprattutto per l'ambiente in cui si svolgeva: il boulevard, una parola magica. Sull'onda di quell'emozione il Perini cominciò ad arrotare la erre allo scopo di far credere che aveva qualche parentela con la Francia. Parecchie spettatrici sprovvedute caddero in quel trucco e, affascinate, conobbero le molle dei materassi di Zita. Durante una replica della *Vedova allegra* Marco Perini conobbe Marie Lacaillè. Questa Marie parlava perfettamente il francese, essendo nata a Montpellier, e lo usava per difendersi dagli importuni. Quando il Perini, dopo averle lungamente guardato le gambe, sentì chiedere:

«Alors, qu'est que vous voulez?» si vide perso e finse di essere muto. Marie arrossì. Gli chiese scusa, in italiano. La rivide due altre volte in teatro. Tentò muti approcci senza esito. Una sera la seguì. Giunse nella zona del Naviglio Grande; Marie, arrivata sotto una casa a ringhiera, fischiò con due dita in bocca. Di lì a poco la raggiunse un omone. Così il Perini scoprì che Marie era la donna di un ortivendolo che aveva banco nel mercato di Porta Vittoria. Per una settimana frequentò il mercato. Il compagno di Marie, fiutando odore di corna, invitò Marie a levarsi di torno il Perini travestito da dandy. La ragazza agì con tatto. Giudicando il Perini uomo di spirito, gli spiegò la situazione e gli regalò una copia del libro *Colei che non si deve amare* di Guido da Verona. Fedele alla messinscena, Marco sparì.

Saturo di operette e indeciso su come impiegare il tempo, Perini lesse in un paio di giorni il libro regalatogli da Marie, che giudicò una sorta di mansionario del libertino. Tornò ad agire. Restrinse le aree d'azione: la stazione al pomeriggio, la balera di via Pastrengo alla sera. In balera conobbe Elide che mostrò di apprezzare le sue attenzioni. Alta, dai lunghi capelli corvini, e con due occhi scuri, Elide non era il tipo francese fanée sognato dal Perini, ma per una settimana si videro tutte le sere. Poi Elide sparì. Allora il Perini chiese informazioni. «La Elide?» gli disse la cassiera. «Se le interessa, due settimane al mese la trova, in via Fiori Chiari, angolo del vicolo detto dei Fiori.»

Elide lavorava nella stessa maison di Zita. Il Perini si precipitò a verificare l'informazione. Non trovò libera Elide, che andava per la maggiore, ma incontrò Zita, che se ne stava seduta nel salottino ad aspettare clienti, imbronciata e silenziosa.

Nei giorni a seguire Zita tenne il muso, parlò poco e lesinò al Perini le mance quotidiane. Marco, che aveva ripreso a frequentare la balera di via Pastrengo ed era sulle tracce d'una bionda di nome Luisina, a un certo punto batté cassa villanamente. Zita rispose picche. Disse che i guadagni erano diminuiti. Anche le altre ragazze del casino si lamentavano. Il lavoro era sempre quello, i soldi però diminuivano: sospettavano che la maîtresse giocasse sporco.

Marco Perini colse al volo l'occasione.

«Quello che vi serve», affermò, «è un bel ragioniere che vi controlli i conti!»

«E saresti tu?» domandò Zita con ironia.

Il Perini sorvolò. Dal giorno dopo, anziché abbandonare Zita sulla soglia della maison, entrò e si piazzò nel salottino, a studiar l'ambiente. Saltellava da una poltrona all'altra e per occupare il tempo tornò alla vecchia passione dei romanzi d'appendice della «Domenica del Corriere» e dell'«Illustrazione Italiana». Leggeva i giornali da cima a fondo, prediligendo le cronache della Casa Reale al punto che, di nascosto dalla maîtresse, prese a ritagliare ogni articolo che riguardasse le loro maestà.

Dieci giorni dopo la padrona, Gioconda, si avvide che le riviste per i clienti eran tutte tagliuzzate. Stette all'erta e un pomeriggio colse sul fatto Marco che stava ritagliando un articolo in cui venivano spiegate le attitudini da cavallerizzo di Vittorio Emanuele III. Ne nacque un putiferio. Gioconda gridò con quanto fiato aveva in gola. Insultò il Perini, spaventò le ragazze che stavano lavorando, al punto che uscirono tutte dalle camere a godersi lo spettacolo di Marco preso a sberle.

Zita cercò di dividere i due e si beccò un colpo al naso. Altre ragazze intervenirono, ma anziché raffreddare il litigio contribuirono a renderlo confuso, finché sfogarono la loro rabbia contro la maîtresse che, a loro dire, rubava sulle percentuali.

Immobilizzata Gioconda, si svolse una riunione. Zita, a nome di tutte, espose i dubbi circa i soldi. La maîtresse si difese, negò ogni addebito. Zita propose una soluzione: il Perini, ragioniere, avrebbe fatto il revisore dei conti. Le ragazze applaudirono. Gioconda tentò di opporsi. Ma, davanti alla possibilità di perdere le ragazze, si arrese e accettò.

E subito il Perini escogitò un sistema per guadagnare alle spalle dei clienti sprovveduti. Al suo occhio non sfuggivano i principianti: studenti, militari, ragazzotti di paese. Li avvicinava, parlava loro di Moara, splendida bellezza del Sud, enfatizzava le sue prestazioni e si faceva pagare una doppia o anche una tripla. Nelle casse di Gioconda finiva solo il prezzo di una semplice: la veterana Moara, spompava i clienti in meno di dieci minuti.

La maîtresse, sempre all'erta, lasciò correre un mese e mezzo. Poi prese da parte Zita, le spiegò che nei conti controllati dal suo uomo qualcosa non andava.

«Non so come», disse, «ma ci frega!»

Zita, guardati i conti, non rispose. Ma dentro di sé pensò che era venuto il momento di agire. Non solo non tornavano i conti, era successo dell'altro.

Tre sere prima aveva ricevuto una visita. Un uomo s'era presentato alla maison di via Fiori Chiari chiedendo espressamente di lei, della signora Zita. Il Perini non c'era, se n'era andato al cinema a vedere per la terza volta *Nozze d'oro* con l'aitante Alberto Capozzi. L'uomo poteva avere trentacinque-quarant'anni, era alto, pallido, serissimo e magro da metter tristezza. Parlava con voce molto bassa, come se si stesse confessando e mentre parlava continuava a toccarsi con la mano un vistoso pomo d'Adamo.

Si era presentato come un inviato dei signori Perini di Bellano e non aveva stretto la mano che lei aveva allungato emozionata. Aveva anzi fatto un passo indietro, come se avesse avuto paura di scottarsi. L'aveva pregata di far sapere a Marco che i genitori lo invitavano a dimenticarsi di loro e delle loro sostanze: doveva considerarsi fuori dalla loro vita.

Zita informò il Perini la sera stessa, dopo il lavoro. Marco non ebbe reazioni. Da come Zita glielo descrisse, individuò nel visitatore il notaio Pedretti. Quando Zita, stanca della giornata e delle chiacchiere, si addormentò, Marco aveva già in testa un'idea precisa di quello che doveva fare.

La sera seguente si recò a Bellano con l'ultimo treno. Il notaio Pedretti non s'aspettava di ritrovarselo davanti.

«Stava andando a dormire?» chiese Marco, vedendolo in ciabatte e vestaglia: il notaio, confermando, lo fece accomodare.

«Ho saputo della sua visita a Milano», disse il Perini. «Vorrei ulteriori chiarimenti.»

Il notaio gli ribadì la volontà dei genitori.

«Lei», chiese alla fine, «che ha intenzione di fare?»

«Il procuratore», comunicò il Perini. «Il procuratore di meretricio. Procurerò donne alle case chiuse. Mi pare un lavoro di grande utilità sociale.»

«Scusi un istante» disse il notaio alzandosi di scatto. «A quest'ora, devo sempre prendere un po' di bicarbonato.»

Rimasto solo, Marco curiosò nel salotto del notaio. In un numero dell'«Illustrazione Italiana», tra una pagina e l'altra, scoprì delle cartoline osées. Il notaio tornò con un bicchiere che frizzava e si sedette sospirando. Guardando Marco con le cartoline in mano, commentò:

«Solo cartoline, purtroppo!»

Il Perini gli strizzò l'occhio.

«Potrei aiutarla», disse.

Il notaio s'impettì.

«È disposto a tenermi informato su quello che accadrà in casa mia e in paese, inviandomi una o due relazioni all'anno, fermo posta a Milano?» domandò Perini.

«In cambio di che cosa?» si informò il notaio.

«In cambio della visita di una delle mie donnine.» Il notaio finse di riflettere.

«Diciamo due visite all'anno, e non a mie spese», propose infine.

Marco Perini annuì e gli allungò la mano.

# 5.

La notizia della carriera intrapresa da Marco fu riferita ai Perini con tatto. Non ne furono, comunque, sconvolti. Ormai si preoccupavano soltanto di salvare il proprio onore. Ci pensavano giorno e notte, impegnati a conservare sul figlio e le sue avventure il massimo silenzio, un silenzio assoluto come se...

"Come se fosse morto!" pensò un giorno il padre.

Quando ebbe l'idea, in drogheria non c'erano clienti. Chiuse il negozio e salì in cucina dalla moglie.

«Come se fosse morto!» ripeté.

La donna, che non pensava ad altro, chiese sollecita:

«Nostro figlio?»

«Già!»

«Ma come?»

Perini padre riferì, con dettagliata precisione, gli scontri tra la diplomazia turca e italiana per il conflitto coloniale in Africa. Sottolineò gongolante l'ostilità che gli ottomani dimostravano verso gli italiani e i loro sudditi. Le schermaglie, i dispetti, i boicottaggi lo rendevano felice. Si era solo indignato quando sul giornale era comparsa la notizia riguardante una ragazza italiana che era stata fatta sposare a un musulmano contro la sua volontà. Finalmente il 27 settembre il Governo italiano aveva inviato alla Sublime Porta l'ultimatum.

«Tieniti pronta! Ci siamo!» annunciò esultante.

Spiegò sul tavolo di marmo il giornale che riportava la notizia della dichiarazione delle ostilità militari.

«Sia benedetta la guerra!» gridò, circondando affettuosamente i fianchi della moglie.

«Solo qualche giorno di pazienza, poi potremo procedere.»

L'occasione arrivò nei primi giorni di ottobre, quando gli italiani entrarono a Tripoli.

A cominciare dal 6 ottobre 1911 i signori Perini, con aria affranta e a volte spremendo lacrime, cominciarono a raccontare la storia del figlio Marco, partito volontario per la guerra di Libia e caduto in combattimento notturno presso i pozzi di Bu-Meliana. Disgraziatamente, i commilitoni della Marina non ne avevano potuto recuperare il corpo.

«Un martire della patria», commentarono in molti, finalmente spiegandosi la sparizione di Marco.

Il notaio Pedretti fu incaricato dai genitori di informare il figlio dei dettagli della sua scomparsa: convalidasse la piega degli avvenimenti, rispettando il glorioso mistero.

Quando apprese di essere morto per la Patria in terra di Libia, Marco si sentì per un po' di ore orgoglioso. Poi alzò le spalle. Nessun rimpianto, nessuna traccia di nostalgia: era deciso a far carriera e aveva un'idea fissa, la Francia, Parigi. Lo disse a Zita e cercò di convincerla ad accompagnarlo.

«Parigi?» commentò Zita. «È una follia! Dove li prendiamo i soldi?»

«Potresti vendere la casa, tanto per cominciare», propose il Perini.

«Senti, bello mio», rispose la donna, «con l'imbroglio che hai combinato alla maison mi hai messo in difficoltà. Non è più aria per me.»

E spiegò che stava valutando la proposta di salpare per l'Africa.

«In Africa? Lì sparano!» obiettò Marco.

«Lo so! Hanno ucciso anche te. Ma dove andrei io non si corrono rischi. A Tripoli, in un bordello per ufficiali!»

Il Perini soppesò l'idea.
«Non mi va», disse.
«Vale a dire?» chiese Zita.
«Parigi è sempre Parigi.»
«Non mi sono spiegata. Se vado in Africa, ci vado io sola. Tu, mio caro, arrangiati. E a Parigi, non ci andrai con i miei soldi.»

Marco non si mostrò offeso. Rifletté subito sulle altre ragazze che aveva sottomano: una, forse, faceva al suo caso.

# 6.

Si chiamava Franca. Lavorava in via Fiori Chiari, ma aveva voglia di rientrare al suo paese in provincia di Udine, per continuarvi il mestiere di prostituta. Aveva solo bisogno di un maschio che l'assistesse e l'aiutasse negli affari.

Franca, detta Sisì per via del fatto che acconsentiva alle proposte dei clienti rispondendo sì con una bocca cui un dente rotto dava una pronuncia sibilante, non era una gran bellezza ma aveva capelli e petto vistosi che calamitavano le voglie di molti. In ogni caso, Marco non doveva andarci a letto, doveva farci andare a letto gli altri.

Al paese Franca non aveva né padre né madre, ma solo una zia e la sorella Bice di diciott'anni. Bice faceva la sarta e la zia curava stalla, orto e pollaio. Il Perini si abituò presto all'odor di letame che arrivava dalla stalla: dal solaio della casa di Franca giungeva un buon profumo di mele, dalla cucina quello del coniglio alla cacciatora.

Vestito di una lisa camicia militare e braghe di rigido velluto che gli davano l'aria di un mediatore di bestiame, Marco cominciò a frequentar piazze, osterie, sagrati. Entrò in confidenza con mezzadri, contadini, artigiani, mediatori, sagrestani, giovani e vecchi. Assicuratasi la collaborazione di uno stagnino che batteva tutta la provincia, fece girar la voce sulle grazie e la gentilezza di Sisì e sulle meraviglie delle sue prestazioni. Il commercio si avviò e prosperò. C'erano giorni in cui, nel cortile della casa di Braghis, si formava la coda: la zia di Franca decise, saggiamente, di aprire un'osteria.

Marco si era installato nell'ex camera dei genitori di Franca. Proprio sopra la testiera del letto campeggiava il loro ritratto fotografico: il padre, mal rasato, aveva una faccia da faina; la madre, con le gote evidentemente tinte, sembrava una bambola. Quando, preso dalla nostalgia della città o dalle fantasie su Parigi, era di cattivo umore, Marco Perini litigava con quelle due facce, arrivando a fare gli scongiuri e le corna. Lì approfittava almeno una volta alla settimana della serva che aveva un corpo sodo e di buon odore, lì lesse la prima relazione del notaio Pedretti sugli avvenimenti che erano capitati a Bellano tra la fine del 1911 e l'inizio del 1912. Il notaio lo informava che Adelina aveva trovato un fidanzato: il figlio del direttore della filiale del Piccolo Credito Lecchese, suo compagno d'avventure. A Lezzeno, dopo lunga trattativa che lui stesso aveva seguito, era arrivato un prevosto: il prete apparteneva all'ordine degli Oblati, i superiori dell'ordine avevano rinunciato alla donazione in favore della Prevostura di Bellano. Per un giro di propaganda, era tornato in paese l'onorevole Cermenati: nonostante il freddo, aveva tenuto un discorso in piazza Grossi, e presso la sede del Circolo Operaio aveva partecipato a un banchetto con ubriachi finito in rissa. Il parroco, durante la messa del primo giorno dell'anno, aveva invitato i fedeli a pregare per le sorti dei soldati italiani in Libia e aveva ricordato Marco Perini, martire bellanese della guerra in Africa: il mercoledì successivo il maestro Crispini aveva organizzato una raccolta di fondi per far celebrare cinque messe in suffragio del giovane defunto, ma i suoi severi genitori avevano convinto il maestro a devolvere il denaro alle casse della Biblioteca Popolare. Infine era stato fondato il Corpo Volontari Pompieri.

Nella sua camera con odore di grano e di mele, nel pomeriggio, quando Franca era al lavoro, il Perini passava il tempo leggendo il «Corriere della Sera» dal quale ritagliava articoli che incollava in un album.

La camera di Marco era sopra quella dove Franca praticava. Se capitavano clienti rissosi o ubriachi, il Perini scendeva e accompagnava gli smaniosi alla porta.

Un pomeriggio sentì la voce adirata non di un uomo ma di una donna. Quando arrivò da basso, la scalmanata se ne stava andando. Marco sospettò che fosse venuta per fare una scenata di gelosia, ma Franca lo informò allarmata che la donna era venuta, invece, a denunciare lo scolo del marito.

«Sono impestata!» annunciò Franca con malinconia, suggerendogli di tagliare la corda, perché era sicuramente lui che i clienti avrebbero messo sotto tiro, magari aggredendolo armati di bastoni, falci, forconi.

L'idea di scappare da quel purgatorio tutto sommato rallegrò il Perini. Fatto il bagaglio, si nascose in un capanno, in attesa che arrivasse, tre giorni dopo, la festa del patrono, san Leno, per infilarsi di sera, indisturbato, nella littorina delle ventidue.

Alla stazione deserta Marco incrociò Bice, anche lei con la valigia in mano e un bell'abito nuovo rifinito da una chiusura lampo, inventata quell'anno in America e già esportata in tutti i paesi del mondo.

«Vengo con te», annunciò Bice al Perini.

«E per fare cosa?»

«Quello che faceva mia sorella!»

Al Perini si mozzò il fiato: non per la sorpresa, ma per la voglia che l'imprevisto gli metteva in corpo. Ammiccante, disse:

«Non hai esperienza.»

«Ma ho voglia di farla.»

«Non so se sei adatta.»

«Mettimi alla prova!»

Appena installatisi nello scompartimento deserto di seconda classe, Bice si sdraiò sul sedile di legno e Marco la prese affamato e furioso. Le luci proiettate dai lampioni delle stazioni, mentre il viaggio proseguiva, scoprivano il corpo della ragazza che Marco via via svestì, fino a ritrovarsi sotto la non vergine Bice completamente nuda.

# 7.

Marco Perini e Bice si stabilirono a Parma. Non tanto per una meditata scelta, quanto per un errore nel salire sul treno a Milano.

I viaggiatori che riempivano lo scompartimento parlavano eccitati di un disastro successo pochi giorni prima. Marco chiese:

«Abbiamo perso la guerra d'Africa?»

I compagni di viaggio lo guardarono sospettosi e sorpresi:

«Lei non sa niente del *Titanic*?»

Gli passarono il giornale. Marco Perini lesse l'ampio resoconto sul naufragio del transatlantico. Il giornalista non faceva risparmio di aneddoti. Sottolineava soprattutto il fatto che tra i passeggeri c'era il finanziere John MacLean, che in una cassetta di sicurezza della nave aveva depositato il diamante azzurro, un gioiello maledetto che aveva ornato il collo di Maria Antonietta poco prima di essere condotta alla ghigliottina. I passeggeri di prima classe, quando la nave aveva urtato l'iceberg, stavano ballando. L'allarme era partito alle undici e quaranta. Erano stati sparati razzi bianchi. Vedendoli, il comandante di una baleniera aveva pensato che fossero fuochi d'artificio. Dal *Titanic* erano state calate in mare le scialuppe: ottanta per ottocento posti su 2223 passeggeri. Verso le due di notte il *Titanic* aveva cominciato ad affondare. Mezz'ora dopo era giunto sul luogo del naufragio il *Carpathia* che aveva raccolto 570 passeggeri; 1843 si erano inabissati con la nave.

Sbarcati che furono a Parma, il Perini fu contento di aver preso il treno sbagliato: la nuova città incontrò i suoi favori. Dopo aver ispezionato alcuni alberghi, Marco scelse, come dimora provvisoria, la pensione Al Pendolo che giudicò consona ai suoi gusti, al suo portafoglio e ai suoi traffici: era debitamente decentrata nell'Oltreparma.

Bice rivelò una grande inclinazione al silenzio. Non apriva bocca se non per dirsi soddisfatta sia del nuovo mestiere sia della nuova convivenza. Si era evidentemente addestrata al silenzio stringendo tra le labbra aghi e filo.

Per dodici settimane l'attività proseguì senza inciampi. Ma un pomeriggio della tredicesima settimana, tornando alla pensione, il Perini trovò una sorpresa. Al portone d'ingresso l'aspettava la padrona che, date le sue corpose dimensioni, occupava tutto lo specchio dell'ingresso. Prese il Perini sottobraccio e se lo tirò dentro la lavanderia. Siccome la donna gli aveva messo le mani sulle spalle, l'uomo pensò che volesse farsi violentare ed era già disposto al sacrificio, quando l'affittacamere sparò il proclama.

«La mia è una pensione onesta. Modesta ma onesta!»

Quindi pregò il Perini di fare le valigie con la sua ganza e di sgomberare rapidamente il campo.

A Bice, che si stava pettinando pigra in vestaglia, Marco annunciò:

«Bisogna tagliare la corda!»

«Perché?» chiese Bice.

Si stava infilando con calma le forcine tra i capelli, come se stesse addobbando una bambina per la cresima. Il Perini la informò del contrattempo, ma la ragazza reagì con distacco e buonumore.

«Nessun pericolo», comunicò, ridendo. «Con te s'è fatta viva la padrona, con me s'è fatto vivo suo marito!»

«A fare che?»

«Indovina!»

«Quante volte?»

Bice fece un gesto, come a dire che il padrone, ogniqualvolta gli accomodava, entrava in stanza e si serviva, pagando con generosità.

«Penserà lui a far rientrare la moglie nei ranghi. Non credo voglia che io vada a raccontarle le sue moine!»

Il Perini restò di stucco: non avrebbe mai sospettato tanta astuzia nella silenziosa Bice. Le fece i complimenti senza riserve.

Il padrone del Pendolo non solo fu convincente con la moglie; lo fu anche con vari colleghi agrari con cui trattava latte, grano e vino, rendendo gli affari di Bice fiorenti e lucrosi.

Temendo di doversi scontrare con lui come concorrente, a fine anno Marco, trovandosi con Bice a Milano, dove era andato per salutare Zita e a ritirare la sua posta, prese un'improvvisa decisione.

Zita da qualche mese era scomparsa. Una delle sue compagne disse che si era ammalata, un'altra che aveva trovato marito: quest'ultima ipotesi stuzzicò nel Perini un po' di gelosia, che curò regalando a Bice un cappotto con pelliccia di volpe.

Il notaio gli aveva spedito una lettera singolare. Nessuna notizia: il foglio era interamente occupato da un punto interrogativo. Il Perini comprese il senso del messaggio: non avendo ricevuto la donna pattuita, il Pedretti era in ansia. Marco provvide subito, spedendo a Bellano Bice. Tornato a Parma, a titolo di risarcimento, si appropriò di tutti i soldi messi da parte dalla sua dipendente e sparì dalla sua vita.

# 8.

Il Perini voleva stabilirsi in Romagna, ma arrivato a Forlì si trovò invischiato in alcuni tafferugli provocati dallo sciopero indetto dall'Unione Sindacale dopo l'eccidio di Roccagorga. Giudicò poco salubre l'aria. Studiò la situazione e tornò in Lombardia: ripiegò su Cremona.

La città del Torrazzo e del torrone, delle liuterie e delle porcilaie, gli sembrò adatta al suo mestiere di lenone e viveur. Si piazzò all'hotel Corona d'Italia. Di fronte all'albergo c'era una recentissima scuola di tango, inaugurata da Enrico Picchetti che di quella danza dava lezioni al duca degli Abruzzi, alla principessa Radziwill e alla famiglia reale Saxe-Meiningen. Passò i primi giorni a studiar l'ambiente e a leggere le cronache mondane dei quotidiani da cui apprese che la regina Vittoria di Spagna usava soltanto acqua di colonia, la Regina madre d'Inghilterra beveva solo champagne e la Zarina spendeva non meno di centomila franchi l'anno in profumi parigini. Cominciò poi a frequentare bottiglierie, osterie, sale da biliardo e scoprì che c'erano in giro molti scapoli e vedovi desiderosi di prestazioni confidenziali. Si recò a fare acquisti in pasticcerie, camicerie e negozi di chincaglierie e fiori e si convinse che un certo numero di spose deluse e di nubili insoddisfatte erano pronte a praticare l'arte della consolazione.

Fermò la sua attenzione su di una certa Benvenuta, ventisettenne di bell'aspetto, che incontrava tutti i pomeriggi alle quattro in una sala da tè e che gli aveva subito dimostrato, con sorrisini e inchini, la propria disponibilità. La ragazza accettò la corte del Perini. Una sera, dopo cena, acconsentì addirittura a seguirlo nella sua suite. E fu anzi lei a suggerire all'uomo di arricchire la compagnia, il giorno dopo e i seguenti, invitando qualche altro uomo solo.

Se avesse conosciuto i trascorsi di Benvenuta, il Perini avrebbe cambiato subito ragazza e forse anche città. Benvenuta era figlia del comandante della stazione dei carabinieri di un piccolo centro a trenta chilometri da Cremona, un brindisino che aveva chiesto il trasferimento dal Sud al Nord proprio per distrarre la figlia dalle sue voglie di ninfomane.

Il primo cliente procurato dal Perini a Benvenuta fu malauguratamente un milite dell'arma che, resosi conto di poter disporre della figlia del suo superiore, se l'era fottuta facendo subito circolare la notizia.

Una settimana dopo, mentre rientrava in albergo dopo aver consumato il pomeriggio a cercare inutilmente la sua protetta, per poi infilarsi in un cinema dove proiettavamo *Ma l'amor mio non muore* con Lyda Borelli, il Perini si trovò circondato da alcuni giovanotti che lo misero in mezzo e giocarono con lui ai quattro cantoni riempiendolo di botte.

Subito dopo, recuperato il proprio bagaglio e saldato il conto dell'albergo anche per la camera di Benvenuta, il Perini partì alla volta di Vercelli; ma lì svenne davanti alla stazione. In ospedale gli diagnosticarono la frattura di due costole.

Lo prese in cura il professor Alemari che aveva fama di essere, oltre che un buon chirurgo, un filantropo. L'Alemari presiedeva parecchie associazioni: l'asilo, la Società del Pedale, la consulta dei poveri e la Compagnia delle Ceneri, associazione di vedove fondata da Vivinna de Arsanich, ex moglie di un fratello dell'Alemari al quale era stata troncata a quarant'anni una vita dedita a eccessi d'ogni natura. Donna Vivinna, trentaseienne, aveva cercato un altro marito. Più precisamente aveva stretto d'assedio il cognato; ma a questi bastava la compagnia delle infermiere.

Le vedove della compagnia avevano due scopi: combattere il malcostume e lenire le sofferenze del prossimo. In quell'anno combattevano contro il dilagare dei nei artificiali, moda importata dall'America, e contro il vizio importato da Parigi di farsi iniezioni sottocutanee di profumo. Dedicavano, poi, sussurrati improperi contro il fumo, contro il nuovissimo cappello maschile Borsalino dal peso di soli 38 grammi e contro il tango, soprattutto se ballato col caschè. Circa il secondo scopo, l'ospedale era, per le adepte della confraternita, una vera e propria riserva di caccia: gli eroi della loro dedizione erano soprattutto spiantati e vagabondi; il Perini, privo di famiglia e di mestiere, fu considerato uno di essi. Si lasciò coccolare cinque settimane in corsia, poi accettò di trasferirsi nella villa della patronessa, per trascorrervi un indefinito periodo di convalescenza.

L'ultima settimana della degenza di Marco in ospedale, Vivinna si era azzardata ad accarezzargli l'attaccatura delle scapole per controllare se si fosse completamente risanato: arrivati in villa, già la prima sera il Perini si esercitò ad accarezzare il fondo schiena della nobildonna per poi insinuarsi verso il suo monte di Venere.

Marco trascorse in campagna sei mesi, sentendosi un signore senza preoccupazioni, impegnato un giorno sì un giorno no in chiacchiere col giardiniere o col fattore sull'avanzata delle truppe del generale Mambretti nei territori desertici delle tribù libiche nomadi, sulla legge approvata in Francia circa la ferma militare triennale, sul colpo di Stato che aveva deposto in Messico il generale Madero, sulla catena di montaggio inventata a Chicago negli stabilimenti Ford, sulla vittoria di Oriani nel Giro d'Italia durante il quale s'era messo in luce il giovanissimo Girardengo.

A novembre, il Perini fece un salto a Milano. Zita si era come volatilizzata: ma circolava anche la voce che fosse finita in un harem. Trovò, invece, posta. Il notaio Pedretti lo informava che sul monte Muggio era stata posta e benedetta una croce con l'intervento del cardinal Ferrari davanti a circa duemila fedeli. In giugno erano stati inaugurati l'oratorio femminile e una scuola di taglio e cucito guidata dalle suore di Maria Ausiliatrice. C'erano poi stati due casi di vaiolo ed era arrivata una sarta foresta.

«Bene», pensò il Perini leggendo l'ultima notizia, «Bice ha fatto il suo dovere.»

Rientrato a Vercelli, Marco riprese la vita e le chiacchiere col fattore col quale ebbe, in dicembre, una violenta discussione, quando Vincenzo Perugia, autore del furto della *Gioconda* al Louvre, venne arrestato. Il fattore sosteneva che la sparizione del capolavoro di Leonardo era avvenuta nell'agosto 1910, mentre Perini, col suo album di ritagli alla mano, gli dimostrò che il dipinto era stato rubato nell'agosto 1911. Per lo scorno, il fattore non gli rivolse la parola per un mese.

Villa De Arsanich era dotata di ventiquattro stanze, metà delle quali non erano mai state utilizzate. Si trovava a circa venti chilometri da Vercelli ed era impiantata esattamente al centro dei possedimenti di donna Vivinna. «Tutto quello che vedete è mio!» aveva annunciato Vivinna al Perini, scendendo dal calesse il giorno del loro insediamento. Milleduecento pertiche tra vigne, pioppeti e risaie: un bendidio di cui Marco godeva senza imbarazzo; vestiva anche gli abiti del marito di donna Vivinna, usava le sue scarpe, i suoi fazzoletti, si sbarbava con i suoi rasoi, cacciava usando i suoi fucili, meditava nel suo studio, dormiva con sua moglie nel suo letto.

A giugno, mentre la squadra di calcio della Pro Vercelli festeggiava il suo quinto scudetto, Vivinna conobbe una frenetica attività: partiva la mattina per fare ritorno alla villa solo verso sera, visibilmente affaticata. Alla domanda di chiarimenti di Marco, rispose che era cominciato il periodo della mondatura. La parola mondatura lasciò Perini indifferente, finché Vivinna chiarì che stava organizzando la squadra delle ragazze per la monda del riso. Allora la fantasia del Perini si accese: l'arrivo delle mondine preannunciava un buon raccolto anche per lui.

# 9.

Fu Faustina, chiamata tra le mondine «la zia», a creare i presupposti per una nuova fuga del Perini. Marco aveva preso alla lettera l'incarico affidatogli da donna Vivinna di sorvegliare le risaiole. Su un cavallo bianco, col cappello di paglia e un frustino d'ornamento, si era trasformato in vanaglorioso sorvegliante più delle donne che del loro lavoro: lo spettacolo delle gambe, delle natiche, dei seni in libertà, ostentati con maliziosa saggezza, lo attrasse in parecchie occasioni. Con la scusa di perlustrare gli alloggi delle lavoratrici avvicinò Faustina, prelevandola poi per il suo comodo e utile. Faustina era abile in ogni genere di gioco amoroso, ma per Marco la vera sorpresa fu che Faustina, dopo averlo divertito, pretendesse il pagamento di una tariffa.

«È il prezzo!»

«Il prezzo di cosa?»

«Della corsa. Sveglia, giovanotto!»

Marco Perini pagò senza riserve e domandò: «E se facessimo qualche affare, noi due?»

Faustina lo guardò.

«Che affare?»

Il Perini spiegò a Faustina che loro due potevano costituire una società di mutuo soccorso: lei ci avrebbe investito le donne e lui gli uomini, dividendo onestamente a metà il disonesto profitto.

«Quando si comincia?» chiese pronta Faustina.

La loro attività soddisfece i desideri repressi di molti cavallanti, agricoltori e commercianti del vercellese e novarese, ai quali, per ragioni di riservatezza, rispettabilità, paura, onore o lavoro, era interdetto il varcare la soglia di una casa di tolleranza. Il Perini combinava appuntamenti a qualunque ora del giorno e della notte, faceva fronte a richieste di ogni tipo. Faustina per parte sua si dimostrò infallibile nel scegliere sempre la ragazza giusta. In caso d'emergenza soddisfaceva lei stessa il bisogno.

Gli incontri si svolgevano in tre luoghi: un vecchio casino di caccia inutilizzato da anni, una rimessa di attrezzi agricoli e un mulino abbandonato che il Perini denominò «il mulino a vento».

Donna Vivinna era ammirata della solerzia ed efficienza con cui Marco seguiva il lavoro delle mondine: stava fuori dalla villa dalla mattina alla sera. Nemmeno i giornali lo trattenevano in casa, benché non mancassero argomenti di sicuro interesse: l'amor del pericolo cantato da Marinetti, la redenzione di Trento e Trieste richiesta a gran voce dai partiti interventisti, la guerra di Libia con la conquista di Socna e Slonta, la settimana rossa in Romagna e nelle Marche, l'attentato di Sarajevo contro l'arciduca d'Austria Francesco Ferdinando e sua moglie Sofia.

C'era, in casa, una servetta che lavorava silenziosa e discreta, così discreta che sembrava un'ombra. Nessuno nella villa s'era accorto che aveva escogitato un sistema per arrotondare lo stipendio. Rimettendo a posto gli abiti di donna Vivinna e del Perini, frugava nelle tasche alla ricerca di spiccioli che sottraeva senza scrupoli. Sino a qualche tempo prima, le tasche del Perini le avevano riservato poche soddisfazioni: da qualche settimana la ragazza aveva notato, invece, che nelle tasche del giovane si poteva pescare molto di più. Una mattina, spolverando dei calzoni di velluto e procedendo poi all'ispezione delle tasche, si trovò per le mani un fascio di banconote. Non si spaventò né si fece prendere da ingordigia. Prese per sé solo la metà del denaro, ripose i pantaloni e continuò a lavorare. Nel primo pomeriggio, chiusa nella sua stanza, tirando fuori della tasca del grembiule i soldi, vide cadere a terra un foglietto. Lo raccolse e gli diede una rapida occhiata. Era un elenco di nomi. Temendo che il foglietto, inutilmente cercato dal Perini, potesse metterla nei guai, lo consegnò a donna Vivinna, dicendo di averlo trovato per terra in un corridoio, mentre riordinava. Donna Vivinna gli diede una scorsa; notò che la scrittura era quella del Perini e che nell'elenco comparivano nomi di noti personaggi di Vercelli e dintorni suddivisi sotto le scritte «Caccia», «Attrezzi», «Mulino». Accanto ai nomi comparivano cifre e numeri che facevano pensare a orari. Lontana dalla verità, donna Vivinna si allarmò: sospettando si trattasse di un elenco di congiurati, socialisti o massoni, andò a far visita in calesse al cognato Alemari, per consigliarsi con lui. L'Alemari, che stava effettuando un'esplorazione rettale proprio su uno dei clienti del Perini, la fece accomodare; si concesse a Vivinna dopo aver trattenuto il paziente con consigli e confidenze. La donna informò il cognato del ritrovamento dell'elenco e riferì che Marco stava fuori di casa intere giornate: temeva fosse invischiato in qualche trama politica che potesse mettere in allarme la polizia. L'Alemari sottopose la lista a un esame clinico. Restituendo l'elenco alla cognata, annunciò:

«È una lista di puttanieri. La tua tenuta, cara Vivinna, si è arricchita di tre frequentatissimi casini organizzati dal tuo efficiente amante.»

«Che cosa?»

«Non dirmi che caschi dalle nuvole!» E, restituendole la lista, aggiunse compiaciuto: «Avrai notato che nella lista dei puttanieri ci sono anch'io.»

A questo punto, Vivinna impallidì, spalancò la bocca senza riuscire a parlare e svenne, trascinando a terra una sedia. L'Alemari, che non aveva mosso un dito per impedirne la caduta, chiamò due infermieri e ne dispose il ricovero. Poi si precipitò alla villa per suggerire a Marco di tagliare la corda; anzi, per imporglielo. In modo che capisse che era un ordine, precisò: «State attento, i vercellesi ci sanno fare anche col bastone». Sicché il giorno dopo, Perini partì con Fausta destinazione Como, dove passarono la prima notte nella sala d'aspetto della stazione.

All'alba, mentre Fausta dormiva ancora con la testa rovesciata sulla panchina di legno, Marco girovagò per la cittadina lariana, incamminandosi sul lungolago, arrivando dalle parti del Duomo e bussando alla porta della Lanterna del Lago di cui aveva l'indirizzo nel portafoglio. Circolava una pressante umidità e faceva freddo; il Perini spinse la porta, sperando nel caldo e nella compagnia.

«Troppo mattiniero», lo accolse la maîtresse. «E poi è un momentaccio.»

«Vale a dire?»

«Niente ragazze.»

Il Perini volò alla stazione. Fausta russava. Svegliandosi, un po' sbigottita, chiese:

«Ma dov'eri?»

«Sono andato a combinare un affare.»

Tornarono in risaia in carrozza a reclutare otto mondine con cui avviarono il commercio con la signora conosciuta all'alba. Poi, nel giro di dieci mesi, aprirono altre due case d'appuntamento, ospitali con il notaio Pedretti e soprattutto con i turisti che arrivavano da Milano e Varese con il pretesto degli itinerari manzoniani.

# 10.

Il 25 maggio 1915, secondo giorno di guerra per l'Italia, Marco Perini era seduto in un caffè di piazza delle Erbe a Padova. Attendeva Gaspare Formentini, padrone di tre case nella provincia, con cui doveva trattare nuove ragazze. Per ingannare l'attesa lesse più volte i resoconti della prima giornata di guerra. Le truppe italiane erano partite ovunque all'offensiva sulla frontiera del Tirolo e del Trentino, occupando la Forcella di Montozzo, il Passo del Tonale, Ponte Caffaro, i paesi di Pasubio e Monte Baffelan in Val di Brenta, il medio Isonzo in Friuli, il Passo di Vall'Inferno in Carnia. Caporetto era bersaglio di una stringente offensiva.

Da quelle notizie Perini trasse favorevoli auspici: si convinse che quella sarebbe stata una guerra lampo. La paura di essere richiamato tuttavia non lo abbandonò: era un eccedente della sua classe, iscritto alla seconda categoria, con un addestramento effettivo di quaranta giorni, ma non poteva ritenersi certo di non essere spedito al fronte.

Concluso l'affare, tornò immediatamente a Como. Trovò quello che temeva. Era stato precettato e destinato alla sussistenza di un reparto di fanteria della Quarta Armata di stanza a Udine. Si vide costretto ad affidare gli affari a Faustina, con l'obbligo di tenerlo informato di ogni novità.

Partì in luglio, rabbrividendo nel leggere il bilancio della prima battaglia dell'Isonzo: 1916 morti, 11.495 feriti, 1550 dispersi, 110 prigionieri. Il diploma di ragioniere gli valse un incarico d'ufficio. In autunno, però, con l'esercito italiano impegnato a demolire la fortissima resistenza della Quinta Armata di Boroevic, venne strappato alle scartoffie e avviato insieme ad altri in appoggio all'offensiva italiana scatenata sulle pendici del Sabotino, sul monte Sei Busi, sul ciglio del ripiano di Doberdò.

Lo salvò il capitano Ermete Squarcialupi. Marco Perini lo ricordava per averlo incontrato più volte a Como, nel salottino di una delle sue case. Allora era tenente, ma si capiva che era ben avviato sulla strada di una carriera esemplare.

Lo Squarcialupi lo notò mentre si esercitava in assalti alla baionetta. Se lo fece consegnare dal sergente istruttore e lo portò nel suo ufficio. Gli raccontò che, circa sei mesi prima, durante il controllo medico annuale, un colonnello della Sanità gli aveva diagnosticato la sifilide. Era capitano da appena un mese: la diagnosi gli aveva bloccato la carriera; i superiori l'avevano estromesso dai quadri attivi e assegnato ai servizi di ricreazione per gli ufficiali.

«Ricreazione! Ha inteso, fante Perini?» chiese lo Squarcialupi.

Il Perini strizzò l'occhio, divertito e solerte.

«Seguiremo le truppe con un carrozzone. A distanza, s'intende.»

Il carrozzone era già pronto. Il Perini l'arredò con un grammofono, dischi di Gea della Garisenda, Elvira Donnarumma, Zenatello, Burzio, Dalla Rizza e Boninsegna, una stufa da campo, un armadietto di liquori, una branda nascosta da una tenda. Da ultimo pensò alle ragazze: non ebbe difficoltà; dovette, anzi, fare una selezione.

Tra il maggio e il luglio 1916 il carrozzone del Perini, ribattezzato dal capitano Sifilauto, coprì le spalle all'esercito italiano impegnato nella battaglia degli altipiani: sostò a Schio, Thiene, Marostica, Bassano, Feltre. La sera dell'8 agosto 1916 il Sifilauto entrò in Gorizia conquistata. Proprio quel giorno lo Squarcialupi lamentò la comparsa di febbre, mal di capo, dolori articolari; la sua pelle si ricoprì di eruzioni di colorito ramato, e il capitano dovette farsi ricoverare presso l'ospedale militare di Udine. Partito lo Squarcialupi, e avuta notizia dell'impiccagione dell'irredentista Nazario Sauro da parte degli austriaci, Marco pensò di spostare il suo piccolo reggimento verso territori più saldamente italiani: puntò su Treviso, Cervignano, Mestre e Monfalcone dove, ahimè, durante un attacco aereo austriaco, il Sifilauto saltò in aria. Nessun danno alle persone rintanatesi in un avallamento, ma delle cose restò intatto solo il disco con la canzone *A Tripoli*. Perini fece lo sbandato per qualche settimana, poi raggiunse Udine in treno e si recò in visita a Squarcialupi presso il reparto dermosifilopatico dell'ospedale. Era l'ottobre 1916: l'esercito combatteva l'ottava battaglia dell'Isonzo, l'Italia elogiava l'eroismo di Enrico Toti, le siluranti italiane si preparavano a violare la baia di Pola. Seguendo un consiglio dell'ufficiale, Marco si trasferì a San Pietro al Natisone. Lì entrò in contatto con un altro ufficiale addetto alla ricreazione, tal Petrolini, romano, privo di un braccio. A San Pietro, nei locali che erano stati stalla di un reparto di cavalleria, il Perini aprì un centro di sussistenza, chiamato «Tripoli, bel suol d'amore». Lì lo raggiunse una lettera di Fausta che diceva: «Tutto bene. Gli imboscati hanno molte voglie, godono anche per quelli che sono al fronte. Intanto gli svizzeri hanno capito che la carne italiana ha più gusto. A presto. Fausta».

Mentre i fanti del Settimo e Diciassettesimo Corpo d'Armata avevano sostato al «Tripoli», Perini, per ingannare il tempo, aveva letto i romanzi di Guido da Verona, *L'amore che torna*, *La vita comincia domani*. Non arrivò alla fine di *Mimi Bluette, fiore del mio giardino* a causa della disfatta di Caporetto. Sbandati di tutte le armi attraversarono il paese, le ragazze svanirono nel nulla. Mentre Perini stava organizzando la sua personale ritirata, nella stalla entrò urlando un fante con in mano una granata che lanciò inneggiando all'Italia. Era il 28 ottobre 1917: ferito a una coscia, Marco dovette sopportare, prima del congedo, sei mesi d'ospedale.

L'annuncio della vittoria, il novembre 1918, colse Marco in un tabarin milanese dove, circondato da gagà, viveur, fefè in monocolo e domino nero, stava raccontando di esser stato ferito nel corso della nona battaglia dell'Isonzo. Subito dopo, la dispettosa Isadora gli comunicò che a Como, dove aveva esercitato per un po', Faustina parlava di lui come di uno dei tanti morti di Caporetto. Allora, approfittando della sua seconda morte presunta, Marco si ritirò a fare il croupier a Montecarlo, da dove l'aveva ripescato, vent'anni dopo, l'amo del notaio Dellera.

# TERZA PARTE

# 1.

Romano, appoggiato al banco del caffè, aveva seguito il colloquio tra il maresciallo e Marco Perini, ma non era riuscito a captarne neppure una parola. Dagli scatti delle labbra del carabiniere e dal muoversi delle mani del Perini ne aveva però dedotto che doveva esserci per aria qualcosa di grosso.

Non riuscendo a controllare la propria curiosità, si avvicinò al tavolino dei due clienti e interruppe la loro conversazione:

«Scusate, signor maresciallo», disse. Poi rivolgendosi al Perini: «Ma voi non dovevate prendere il battello per Como?»

Senza rispondere, il Perini si frugò in tasca, ne trasse il biglietto e lo stracciò. Romano tornò al banco rosso di rabbia.

Una seconda lettera uscì dalla tasca del maresciallo e passò nelle mani del forestiero. Romano credette di capire: il comasco era un uomo pericoloso, un intruso infido. Si ripromise di informare Deilde e uscendo per osservare l'attracco del battello canticchiò: «Spia, spia, non sei figlio di Maria...»

Il passo finale della nuova lettera, che il Perini stava rileggendo per la quarta volta, diceva: «Poiché è noto il mestiere esercitato da questo signore, non dovrebbe sfuggire all'autorità il fatto che stia ronzando attorno alla signorina Deilde per adescarla. Un amico».

«Chi sarà quest'amico?» chiese il Perini ad alta voce.

Il maresciallo scosse la testa e commentò:

«Il firmatario di questa lettera non è un amico. È un'amica!»

Il Perini alzò il naso, dando a vedere che cominciava a fiutare la verità.

«E non è un'amica come tutte le altre, ma un'amica che sul vostro conto sa più di chiunque altro!» aggiunse il maresciallo. Il Perini sgranò gli occhi, ma il sottufficiale non accettò interruzioni. «Un'amica che abbiamo l'onore di annoverare tra gli abitanti di questo paese!»

«Lei qui in paese?» chiese Marco stupefatto.

«Lei», confermò il maresciallo.

«Ma come...»

«Coincidenze, signor Perini. La vita ne è piena!»

Rientrando Romano notò con piacere che il viso del forestiero adesso esprimeva sorpresa e inquietudine, ma subito dopo il maresciallo se ne andò: il battellotto restò deluso, pensava di assistere all'arresto del forestiero così com'era capitato a lui di essere arrestato tre anni prima, durante le manifestazioni del Settembre Grossiano.

Era successo la sera dell'8 settembre 1935, mentre alla Casa del Fascio la filodrammatica del dopolavoro dava la prima di *Giovanni Maria Visconti*, comi-tragedia in cinque atti di Tommaso Grossi e Carlo Porta. Da Como, col battello, erano arrivate le autorità. A Romano era toccato fare gli straordinari. Se ne stava tranquillo al molo quando dal lungolago era spuntato Achille Piazzi completamente ubriaco. Spinto dal vino e dalla fede antifascista che non aveva timore a dichiarare, il Piazzi s'era messo a pisciare ai piedi del monumento, poi aveva appoggiato la testa sul marmo. A Romano aveva dato l'impressione di essersi addormentato. L'aveva voluto aiutare. Gli si era avvicinato, gli aveva parlato, gli aveva chiuso la patta: in quel momento era spuntato il maresciallo. Li aveva portati entrambi in caserma, il Piazzi per ubriachezza, lui per sospetta oscenità.

Il Perini, senza neanche rivolgere uno sguardo a Romano, ordinò ad alta voce un fernet. Poi si ricordò della prima lettera. Allora annusò le dita che avevano stretto la seconda: debole, ma comunque inconfondibile, avvertì anche questa volta odore d'incenso.

## 2.

### I.

La segretaria del notaio Dellera questa volta guardò il Perini dritto negli occhi, annunciando felice:

«Il signor notaio non c'è!»

«E quando torna?»

"Quando torna profuma di violetta", pensò la segretaria. Da qualche mese il notaio Dellera faceva delle scappatelle pomeridiane: e, quando rientrava, si portava dietro l'odore della colonia Felce Azzurra.

Poco dopo, arrivando ilare e distratto, non aspettando visite, il notaio si fermò perplesso sulla soglia.

«Devo parlarvi!» lo aggredì Marco.

Il Dellera lo fece accomodare e chiuse la porta.

«Ho appena saputo che Zita è qui in paese!» dichiarò spiccio il Perini.

Il notaio reagì con uno scatto. Saltò in piedi e s'avvicinò al Perini.

«E da chi l'avete saputo, se è lecito?»

«Dal maresciallo!»

"E bravo il nostro maresciallo!" pensò il notaio, poi s'accese una sigaretta, aspirò profondamente e deviò lo sguardo, soffiando il fumo verso Cicerone.

«A questo punto», ammise il notaio, facendo cenno al Perini di restare seduto tranquillo, «è bene che conosciate qualche dettaglio.»

## II.

Deilde si sentiva euforica e in diritto di pensare al piacere di vivere.

Tenendo il palmo della mano profumato contro il naso, pensava all'uomo che aveva appena lasciato e che era legato a lei da quel profumo. Ritornò al Caffè dell'Imbarcadero a passi brevi, canticchiando e riflettendo che era stata davvero fortunata a trovare un uomo dello stile e della gentilezza del notaio Dellera. Antonio s'era sempre comportato con molto tatto verso di lei. Anzi, proprio per merito di un gesto di coraggiosa gentilezza s'erano conosciuti.

Era accaduto la sera del 5 maggio 1936. Non appena la radio aveva diffuso la notizia che il maresciallo Badoglio era entrato in Addis Abeba alla testa delle truppe italiane e che l'Italia aveva il suo Impero, in paese s'era scatenato l'entusiasmo della popolazione. Le campane delle chiese di Bellano, Lezzeno, Bonzeno, Ombriaco, Biosio e Oro avevano suonato a festa, alle finestre erano comparse bandiere tricolore, in piazza s'era riversato quasi tutto il paese. Era una sera tiepida. S'era formato spontaneamente un corteo che, al suono di marcette suonate da una banda improvvisata, aveva percorso le contrade e sfilato lungo lo stradone deviando infine sul lungolago. Deilde era nel corteo. Giunto in piazza Grossi, il corteo s'era sciolto, ma la gente non aveva voluto saperne di tornare a casa. Nella piazza gremita, i musicisti avevano improvvisato alcuni pezzi ballabili. Parecchie coppie s'erano gettate nelle danze. Era stato allora che a Deilde s'era avvicinato Siro che, nel tentativo di costringerla a ballare, s'era spinto a metterle addosso le mani. Per fortuna era intervenuto il giovane notaio; l'aveva sottratta all'ubriaco, accompagnata a casa e gratificata, sulla porta di un elegante saluto con inchino. Il giorno dopo le aveva fatto avere dei fiori. Il resto era stato inevitabile.

III.

Romano stava scopando il pontile, svogliatamente. Appoggiò il mento al manico della scopa e guardò Deilde che entrava nel caffè. Poco dopo la sentì cantare. Allora lasciò il pontile e andò ad agganciare il padrone della mescita con una domanda:

«Lo sa Deilde che quello lì è una spia?»

«Una spia chi?» chiese il padrone.

«Il forestiero vestito di nero. Quello che bazzica maresciallo e notaio!»

«Spia di chi?»

«E che ne so!»

Deilde stava cantando la parola amor gorgheggiando la «o». Romano immaginò che stesse gorgheggiando la «o» del suo nome, ma in quel momento la ragazza smise di cantare.

«Ha esaurito la felicità», commentò il signor Abele.

IV.

«Se non vado errato», attaccò il notaio Dellera, «il vostro rapporto con la signora Maria Valseschini, chiamata Zita, si interruppe nell'autunno 1911...».

«In settembre», puntualizzò il Perini.

«E, per quel che ne sapete voi, la signora, dopo che la lasciaste, cosa fece?»

«Progettava di andare in Africa.»

«Vi dirò io cosa le capitò, invece. A dicembre abbandonò via Fiori Chiari e Milano. E nell'estate successiva diede alla luce una figlia dalle parti di Varese, presso un istituto di religiose cui era stata raccomandata.»

Il Perini non mosse un muscolo.

«Ho ricostruito la storia in base a una relazione del mio predecessore», precisò il Dellera.

«E, dopo la nascita della figlia, la Valseschini cosa fece?»

«Cos'abbia fatto tra il 1912 e il 1918 non lo sappiamo. Sappiamo solo che una mattina dell'aprile 1919 fu la prima donna a presentarsi nella drogheria di vostro padre, subito dopo l'apertura del negozio.»

## V.

Il maresciallo dei carabinieri, nella penombra del suo ufficio, stava picchiettando le dita sul fascicolo intestato al Perini, pensava convinto che il forestiero avrebbe procurato guai.

Ragionando con sé stesso un po' ansioso, il maresciallo ricordò un fatto accaduto un paio di anni prima dal quale aveva ricavato un preciso insegnamento morale. S'era trattato d'una serie di denunce per furti di galline che, per due mesi circa, s'erano succeduti a danno sempre dello stesso individuo. Il maresciallo aveva disposto indagini che non erano approdate a nulla. A un certo punto le denunce s'erano interrotte e il maresciallo aveva supposto che i furti avessero subìto la stessa sorte. Incontrando, un giorno di mercato, il pluriderubato, aveva ritenuto opportuno verificare la sua ipotesi. «Ve le hanno rubate ancora le galline?» aveva chiesto. «Un'altra volta, poi basta», aveva risposto l'uomo. «E non avete denunciato l'ultimo furto?» «No, signor maresciallo.» «Come mai?» aveva voluto sapere il militare. L'uomo aveva aspettato un po' prima di rispondere. «Senza offesa, signor maresciallo, avevo capito che era inutile. Ho preferito agire diversamente. Ho spostato le galline. Quel pollaio era troppo comodo, troppo a portata di mano del ladro: adesso, infatti, ruba le galline di qualche altro.»

Dunque, meditò il maresciallo, ipotizzando che il Perini fosse il ladro, non rimaneva che allontanare le galline.

## VI.

«Potete leggere voi stesso», propose il notaio Dellera, «la testimonianza di vostro padre riportata nella relazione del Pedretti.»

Il Perini prese in mano il fascicolo che gli veniva proposto e, sulla pagina un po' sgualcita, lesse:

«La donna mi guardò per qualche istante senza parlare, sebbene le avessi chiesto più volte in che cosa potessi servirla. Quando cominciavo a perdere la pazienza, mi chiese se io ero Alfonso Perini, padre di Marco. E, avutane risposta affermativa, mi tese un biglietto. Lo presi e vidi che si trattava di un biglietto ferroviario di sola andata per Milano. Mi pregò di girarlo e sul retro lessi: "In ricordo di un viaggio fortunato. Alla mia regina Zita, il suo principe Marco". Le chiesi cosa significasse e lei mi disse che quello scritto era opera di mio figlio Marco e che lei doveva essermi ben conosciuta. Tentai di eccepire che di uomini di nome Marco sulla terra ce ne sono a migliaia, ma la donna mi riferì particolari di identificazione inoppugnabili, e d'altra parte io avevo capito subito che diceva la verità».

Marco Perini restituì il fascicolo precisando:

«È una storia lunga come un romanzo. Riassumete voi».

Il notaio riprese a parlare con l'aria di chi sta sulle sue.

«La donna non accampò diritti. Non chiese soldi. Chiese solo un alloggio per sé e la figlia. In quel periodo in paese c'era l'epidemia detta spagnola, si viveva in uno stato d'emergenza, ma i vostri genitori decisero di non abbandonare la Valseschini. La ospitarono nella casa dove abita attualmente e che vi appartiene. Dalle suore di Varese aveva imparato l'arte del cucito e del ricamo. Un po' alla volta si fece molti clienti: donne, naturalmente.»

## 3.

Il maresciallo entrò al Caffè dell'Imbarcadero come spinto da una raffica di vento. Aveva il viso aggrottato. Si appoggiò al banco e ordinò un Sassolino.

«Guai?» domandò il padrone.

«Eh, caro signor Modena...» sospirò il carabiniere, subito interrompendosi e scusandosi. «Ero soprappensiero.»

«Non c'è di che», disse il padrone del caffè. «Non c'è nessuno. Potete chiamarmi Abele.»

«Sì, ma con i tempi che corrono conviene stare sempre all'erta!»

Che il padrone del caffè fosse l'ebreo Abele Modena erano in pochi a saperlo: il segretario comunale, il medico condotto, il notaio Dellera, il maresciallo. Sulla propria origine il gestore del Caffè dell'Imbarcadero aveva sempre mantenuto il segreto. E, dopo l'uscita nel luglio di quell'anno del *Manifesto della razza*, il cui punto nove dichiarava: «Gli ebrei non appartengono alla razza italiana», sperava che la sua generosità e l'omertà degli altri continuassero a dialogare.

La sua terra d'origine Abele non l'aveva mai vista. Discendeva da una famiglia di albergatori che aveva gestito lussuosi alberghi e ristoranti in tutta Europa, da Baden-Baden a Saint-Moritz, a Nizza e Garmisch. Per colpa di un nonno che aveva dilapidato una fortuna giocando in Borsa, il padre di Abele era decaduto a semplice cameriere, lavorando a Salins les Bains, ad Ascona e infine a Lugano. Lì aveva conosciuto la moglie, una ticinese luterana che aveva abiurato senza difficoltà la propria fede per abbracciare quella di lui. La coppia aveva messo su casa a Lugano. Per arrotondare il magro stipendio di camerieri al tavolo, moglie e marito avevano cominciato a lavorare sui battelli che, il sabato e la domenica, giravano di notte il lago pavesati a festa e con un'orchestrina che faceva ballare turisti di tutta Europa.

Abele era nato su uno di questi battelli, un sabato, verso mezzanotte. Una delle turbine si era guastata. L'attracco più vicino era quello italiano di Oria: il battello l'aveva raggiunto. Mentre il battello attraccava Abele era nato, anche se per poche centinaia di metri, in territorio italiano. Madre e figlio erano stati ricoverati presso l'ospedale di Gravedona. Essendosi la moglie ammalata di sepsi puerperale, il Modena senior aveva fatto per due mesi la spola tra Svizzera e Italia, poi si era licenziato, per gestire in società il Rifugio Savoia al dosso del Liro. Non era stato un grande affare. I guadagni erano scarsi. Sicché, quando Abele aveva raggiunto i tredici anni, suo padre l'aveva spedito a Zurigo, presso uno zio che aveva aperto uno dei primi supermercati svizzeri. A Gravedona Abele era ritornato due volte in occasione dei funerali del padre e della madre. Un giorno del 1930, dopo aver fatto visita alle tombe dei genitori, aveva fatto il giro del lago, con in tasca i soldi per rilevare un esercizio. A Bellano gli era stato indicato il Caffè dell'Imbarcadero, una bettola che aveva trasformato in un elegante spaccio di dolci e coloniali, con due sale, di cui una riservata alle pensionate tedesche e olandesi golose di strudel e sidro.

Sul suo cognome aveva mantenuto il più stretto riserbo, schivando ogni domanda che intendesse far luce sul suo passato. A chi, insistendo, gli chiedeva come si chiamasse, rispondeva invariabilmente «Oria!», in omaggio al paese dov'era nato trentotto anni prima.

«Allora non si è visto nessuno?» chiese il maresciallo.

«Cercate qualcuno in particolare?» si informò Abele.

«Ripasserò», tagliò corto il maresciallo e uscì con il cappello tra le mani.

# 4.

## I.

Zita, che aveva appena interrotto il lavoro di cucito, si massaggiò gli occhi e il collo: aveva mal di testa. Riflettè su cosa preparare per cena, poi si alzò e andò in bagno. Appena dentro, le sembrò di entrare in una serra: nel lavandino era scivolata fin sopra il buco di scolo una boccetta di profumo, rovesciata per la fretta.

"L'amore" pensò Zita, e sorrise.

In quell'istante il maresciallo suonò il campanello. Zita vide la sua imponente sagoma oltre il vetro della porta. La donna aprì senza incertezze. Era abituata alle visite del sottufficiale: un tempo le aveva fatto la corte.

«Non vi inquietate», disse l'uomo, restando sulla porta. «Non è successo niente. Debbo solo parlarvi.»

«Allora, entrate», lo invitò Zita, facendo strada.

Il maresciallo fece due passi nel corridoio, poi s'arrestò.

«Non occorre che vi disturbiate, signora. Posso parlarvi qui... Non è una questione complicata.»

Zita si fermò.

«Vi ascolto.»

Il maresciallo aveva in testa un discorso chiaro, logico e breve, ma quando provò a spiegarsi gli vennero improvvisamente a mancare le parole.

«Be'... Volevo dirvi che ho capito il senso di quei messaggi...»

Zita lo guardò senza batter ciglio, in attesa che i balbettamenti approdassero a qualcosa di preciso.

«Quei messaggi!» sottolineò il maresciallo, con fare allusivo, strizzando l'occhio destro e inclinandosi con aria complice verso Zita.

La donna, che non capiva l'allusione del carabiniere, si limitò a sorridere accondiscendente.

«Quali messaggi?» chiese.

Il maresciallo si raddrizzò.

«Ecco», riprese, «vorrei farvi intendere che so, che ho capito, ma... sto al vostro gioco...»

Zita, sconcertata, pensò che il maresciallo fosse ubriaco.

«Maresciallo, io non riesco a seguirvi. Volete sedervi e spiegarvi con più calma?»

«Grazie, preferisco stare in piedi. Sono più lucido quando sto sull'attenti. Sarò chiaro. Vi sono grato della collaborazione, anche se avete fatto ricorso a un mezzo... un mezzo, diciamo, illecito!»

Zita non riuscì a trattenere un gesto d'impazienza.

«Ma quale mezzo illecito? Quale collaborazione?»

«Signora», esclamò sconsolato il maresciallo, «voi non mi volete capire!»

«Maresciallo, io non riesco a capirvi! Siate più esplicito!»

«Va bene. I sospetti che avete avanzato nelle vostre lettere anonime sono fondati.»

Zita allargò gli occhi, si portò una mano alla tempia e si appoggiò alla parete.

«Quali lettere anonime? Io non ho scritto lettere anonime!» si difese la donna.

Il maresciallo, sicuro di averla stanata, azzardò:

«Capisco. Non volete esporvi. Giusto! Anch'io sono del parere che sia meglio non agitare l'acqua. L'intento della mia visita è amichevole. Sono venuto per darvi un piccolo consiglio. Date retta! Allontanate per qualche tempo Deilde e vedrete che non succederà niente!»

«Cosa dovrebbe succedere a Deilde?»

Zita gridò il nome di sua figlia con un tono così accorato che il maresciallo fu preso dal dubbio di essere inciampato in un granchio. Per scusarsi, il sottufficiale inquisì con dolcezza:

«Ma voi, signora, conoscete o no un certo Marco Perini?»

A sentire quel nome, Maria Valseschini scivolò con la schiena lungo il muro e si accoccolò per terra.

## II.

Abate Quintini salì nella camera che era stata occupata dal Perini. Aprì gli armadi. Il cliente non s'era dimenticato niente; solo il posacenere, sul comodino alla destra del letto, era sporco: prima di vuotarlo il Quintini prese una cicca, le ridiede forma e se la ficcò in bocca. Fece un tiro, tossì, guardò la marca della sigaretta. «Serraglio!» disse con disprezzo e pensò alla cantina dove nascondeva chili di Turmac, Memphis e Camel.

Poiché dei soli proventi del Cavallino non poteva vivere, il Quintini s'era dato da fare e nel giro di due anni aveva organizzato una rete di piccolo contrabbando. I collaboratori se li era scelti tra pescatori dell'altra sponda, di Acquaseria, Dongo, Rezzonico, Consiglio di Rumo, gente silenziosa e di braccia buone che traversava il lago di notte e scaricava nella cantina del Quintini tabacco, cioccolato, liquori che trovavano poi la via delle valli e dell'alto lago. Grossi rischi non ne aveva corsi. Solo qualche piccolo incidente, come il mese prima quando era stato sul punto di essere colto con le mani nel sacco, per colpa di un branco di germani reali di passo che aveva sostato qualche giorno sullo scivolo per le barche di lato al molo. Quando di notte erano arrivate le barche clandestine e il lavoro di scarico era già cominciato, i germani avevano iniziato a starnazzare, richiamando gente alle finestre. Per vendicarsi, la sera dopo Quintini, con l'aiuto di due spalloni e di una rete, aveva catturato le anatre, cucinandole la domenica e servendole a un gruppo di trevigliesi giunti a Bellano per visitare i luoghi dell'infanzia del Grossi.

Prima di tornare da basso, il Quintini vuotò il posacenere nel water. Sceso di sotto, e sedutosi al banco della ricezione, fu molto sorpreso quando il Perini gli annunciò che si sarebbe fermato ancora, almeno per una notte, e che a cena desiderava gli fosse apparecchiato un tavolo per due.

## III.

Marco Perini sapeva quale fosse la via: Sigismondo Boldoni. Conosceva il numero civico: quattro. Ricordava il piano: terzo.

La scala era pulita, silenziosa, fredda. Salendo i gradini, sul pianerottolo del secondo piano, vide, in una nicchia del muro, una madonnina con davanti un vasetto colmo di fiori secchi che sembrava lì da cent'anni. Salì l'ultima rampa di scale poggiando sui gradini solo le punte dei piedi. Si accorse di trattenere il respiro. Sbucò in un pianerottolo luminoso. Sulla porta dell'appartamento abitato da Zita lesse la targa «Valseschini Maria». Accese una sigaretta. Fece due tiri e suonò con discrezione. Non si sentiva padrone di casa.

Nessuno rispose. Suonò ancora.

«Vengo!» annunciò Zita.

Marco riconobbe la voce e l'ombra della donna oltre il vetro della porta. Zita non si era neppure ingrassata.

«Arrivo!» ripeté la voce.

Quando la porta si spalancò, notò che i capelli di Zita, appena un po' diradati, erano ancora biondi: ma di tintura, e pettinati alla maschietta. Si fissò sui suoi occhi: gli tagliarono la lingua come una forbice.

«Lo sapevo», disse Zita. «Lo sapevo che saresti arrivato!»

L'appartamento era pulito e ordinato. Alle pareti c'era una bella tappezzeria chiara. La donna lo guidò in un salottino arredato con una vetrinetta, due poltrone, un piccolo divano e un tavolo rotondo con una tovaglia di pizzo.

«Lo sai che sono io il padrone di questa casa?» disse Marco, quasi svagato. «Zita...»

«Mi chiamo Maria!»

«Va bene, Maria. Mi fai vedere dove tieni la carta da lettere?»

Zita lo guardò instupidita: intuì che anche Marco era lì per parlare di lettere anonime.

«Carta da lettere? E chi ce l'ha?» rispose.

«Hai per caso dell'incenso in casa?» chiese ancora il Perini.

«Oh, Perini! Ma cosa ti salta in mente? Questa è una casa, mica una chiesa!»

«La chiesa!» riflettè Marco. «Ecco la pista giusta!»

«Si può sapere cos'hai in testa?» domandò Zita.

«Qualcuno ha spedito delle lettere anonime...»

«E tu credi che sia stata io!»

«Ci ho pensato fino a poco fa. Adesso ho capito che bisogna cercare in sagrestia!»

«Il parroco?» chiese Zita.

Il Perini allargò le braccia.

«O il sagrestano», disse poi.

«Ma se è un poveraccio!» disse Zita ridendo.

«Che c'è da ridere?» chiese Marco.

«Ti ricordi», disse Zita, «l'uomo che venne a Milano per dirmi di farti sapere che non potevi più tornare a casa?»

«Sì, il notaio Pedretti, e allora?»

«Io ero convinta che fosse il sagrestano. Arrivata qui, mi sono subito infilata in chiesa, per dirgli che, se stava zitto con i paesani, io sarei stata zitta col prete. Invece, mi sono trovata davanti un barilotto calvo, una specie di eunuco distratto e gentile.»

«Come si chiama?» chiese il Perini.

«Arturo.»

«Piccolo, un po' curvo?»

«Sì.»

«Allora è l'Arturo che non ci lasciava giocare all'oratorio durante le lezioni di dottrina. Un tipo un po' fissato e un po' svanito. Una volta l'abbiamo convinto ad andare al cimitero a prendere su un teschio per Dellavalle che voleva studiare medicina.»

«Te la sei sempre fatta con i tipi allegri», disse Zita.

Il Perini sorrise, poi guardò la donna negli occhi. «La Ilde è tua figlia?» chiese.

Zita scattò in piedi.

«Perini, non ti azzardare!»

Marco rise con un ghigno falso, da carogna.

«È tua figlia?»

«Sì! Perché?»

«La voglio sposare. L'aspetto al Cavallino per cena. Alle otto. Spiegale che amo la puntualità.»

# 5.

## I.

Il portone della chiesa era sprangato. Marco Perini si girò a guardare la piazza deserta poi alzò gli occhi verso il cielo sporco di nuvole. Si avvicinò a passi brevi alla canonica. Avrebbe preferito incontrare il prevosto in sagrestia, ma tant'era. Suonò. Gli aprì la perpetua, annunciando che il prete a quell'ora non riceveva.

«Lo so bene», disse ossequioso Marco, «ma si tratta di una cosa urgente. Mi manda il notaio Dellera. È per via dell'eredità dei signori Perini.»

La perpetua si raddrizzò.

«E lei chi è scusi?»

Il Perini ebbe solo un attimo di esitazione.

«Sono il dottor Montana, il nuovo praticante dello studio Dellera.»

«Un notaio anche lei?»

«Un ex procuratore, che ha deciso di fare il notaio.»

«Informo il prevosto.»

La perpetua scomparve e ricomparve di lì a un minuto.

«Il signor prevosto l'aspetta. Devo farla accomodare in cucina, perché sta cenando. Poi ha una riunione con le dame della San Vincenzo.»

Il prete stava mangiando una minestra di verdura. Alzò gli occhi verso il Perini e restò col cucchiaio a mezz'aria.

«Non le va più, la minestra?» chiese la perpetua.

«Buonasera», salutò sorridendo il Perini. «Sono il nuovo praticante dello studio Dellera. Mi manda il notaio per discutere certi particolari da lei segnalati tramite lettera in questi ultimi giorni.»

Il prete non parlò.

«Ma non le va proprio più 'sta minestra?» insistette la perpetua. «Le do il formaggio?»

«Sa, signor prevosto», continuò il Perini, «trattandosi di documenti ufficiali, dovrebbe avere la cortesia di rifare la firma in calce alle lettere, perché non è molto chiara.»

La perpetua strappò il cucchiaio dalle mani del prete.

«Neanche il formaggio?» chiese.

«Lasciaci soli per favore, Camelia», intimò il prevosto.

«Ma non mangia niente? Come fa a stare in piedi?»

«Forse il signor prevosto ha qualcosa sullo stomaco», suggerì il Perini.

«Va', Camelia», ordinò il sacerdote.

La perpetua uscì brontolando.

«Lei è un insolente», disse il prevosto quando la donna fu uscita. «Si è introdotto nella mia casa con l'inganno!»

«Oh, in quanto a inganni...»

«Cosa intende dire?»

«Le lettere, signor prevosto, quelle lettere spedite al maresciallo. Vuol dirmi che non sono opera sua?»

Il prete tacque.

«Perché le ha scritte?» chiese il Perini.

Il prevosto s'alzò in piedi. Aveva la tonaca sbottonata. Il Perini notò che indossava una camicia rattoppata in più punti.

«Sono cose che lei non capirebbe!»

«Ne è sicuro?»

«Prima di tutto», sbottò il prete, «perché questo è un paese di gente onesta, laboriosa. E mi piange il cuore di vedere quella ragazza finire nelle sue mani.»

«Capisco.»

«Ho i miei dubbi! Ma, visto che ci siamo, le spiego anche il resto. Prima Ilde. Poi, col suo arrivo, io ci ho perso qualcosa!»

«Però!» fece il Perini ironicamente.

«No, non come l'intende lei. Non per le mie tasche. Se non si fosse trovato l'erede, cioè lei, la proprietà Perini sarebbe andata metà alle Valseschini e metà alla parrocchia. Non glielo ha detto il notaio?»

Suonarono alla porta. Sulla soglia della cucina ricomparve la perpetua.

«È arrivata la signora Isaura. Dice che le dame della San Vincenzo sono tutte presenti in sala parrocchiale.»

«Arrivo! E accompagna il signor notaio alla porta.»

«Per di qua», disse la perpetua indicando al Perini la strada.

Rimasto solo, meditando il discorso del prete, Marco pensò alla minestra acida dei poveri di Bellano, tutta patate e acqua come i ranci che lui aveva conosciuto durante la guerra.

## II.

Alle diciotto e quarantacinque, contando le cicche schiacciate nel posacenere il notaio Dellera constatò che aveva abbondantemente superato la sua media quotidiana. Si alzò e andò a interrogare Cicerone.

«Tu che faresti?» gli chiese.

Quindi uscì nell'antistudio. La segretaria era piegata su di un foglio. Le ali delle scapole, sporgenti e puntute, le davano l'aria di un rapace.

«Signorina», annunciò il notaio, «potete andare.»

La segretaria lo fissò stupita, con uno sguardo miope e interrogativo.

«Ma io non ho ancora sistemato la pratica!» disse.

«La sistemerete domani», propose il Dellera accattivante.

«Ma, dottore, manca più di un'ora alla fine dell'orario d'ufficio! Se dovesse capitare qualche cliente?»

Il notaio sbuffò.

«Signorina, non si vive di solo lavoro!»

La segretaria non aveva più obiezioni. Chiuse il dossier con lentezza e si mosse visibilmente spaesata, come ubriacata da quell'ora di libertà che non sapeva come trascorrere.

«E domani?» chiese prima di uscire.

«Domani cosa?»

«Ci sono variazioni d'orario anche per domani?»

«Non è sempre festa, signorina. Domattina voi dovete essere qui alle nove in punto.»

Il notaio rientrò nel suo studio.

«Ho fatto bene?» chiese al Cicerone. «Meno gente vede e sa, meglio è, no? Tu che ne pensi?»

Qualcuno suonò al portone. Il Dellera corse.

«Sono Maria!» annunciò una voce affannata di donna.

«Vi ha visto qualcuno?»

«Non credo. E se anche fosse?»

Zita si tolse il fazzoletto dalla testa.

«La vuole vedere!» riferì sedendosi.

«Quando?»

«Questa sera, alle otto, a cena al Cavallino!»

«La faccenda si sta imbrogliando. A questo punto...»

«A questo punto», lo interruppe Zita, «non avrò più ritegno!»

## III.

Il Quintini stava muovendo la manopola di una Radiomarelli nel tentativo di sintonizzarsi su Radio Monteceneri, ma la stazione era disturbata da scariche elettriche.

«Accendo le luci?» chiese al Perini.

Marco rispose di no agitando una mano. Erano le sette e tre quarti, lo informò il Quintini.

«Non sono mai riuscito ad ascoltare senza disturbi un programma della Svizzera», disse poi. «Ma sono stufo di bollettini ministeriali e di canzoni di Natalino Otto e del Trio Lescano.»

Marco ricordò una delle lettere che il notaio Pedretti gli aveva inviato fino al 1930, l'anno in cui Fausta aveva abbandonato gli affari per andare a godersi il sole a Bordighera. In quella lettera del 1928 il notaio gli aveva scritto che il proprietario del Cavallino, nel sottotetto dell'albergo, aveva messo su una vera e propria stazione radio. Comunicava con l'altra sponda del lago e organizzava al meglio i suoi traffici. A un certo punto, però, le trasmissioni erano state intercettate da un giovane della Milizia che, anziché denunciare il fatto, aveva cominciato a taglieggiare il Quintini. Il silenzio del giovane era costato all'albergatore chili di sigarette. Stanco del ricatto, l'albergatore aveva chiesto consiglio al Pedretti, che il Quintini serviva di sigari Brissago, di cognac Martell e di cartoline francesi con donnine nude. Il Pedretti aveva consigliato Quintini di assoldare il milite nell'organizzazione e lui così aveva fatto, assumendolo poi come cuoco.

Appena Deilde si fu accomodata al tavolo della sala da pranzo l'albergatore sparì in cucina.

«Mia madre mi ha detto che desideravate parlarmi», attaccò Deilde con dolcezza.

«Ho intenzione di farvi una proposta», contrattaccò il Perini, poi allungò la mano destra sulla sinistra di Deilde, ma la ragazza, sul punto di togliersi i guanti, la ritrasse.

Abate Quintini sporse la testa per vedere se poteva cominciare a portare in tavola. Si avvicinò ai clienti e chiese:

«Comincio a servire?»

Deilde intervenne garbatamente:
«Prima consigliateci, signor Quintini.»
Il Perini approvò con un cenno del capo.
«C'è antipasto di bresaola, gnocchetti, il brasato. Vino rosso, naturalmente di produzione locale.»
Tra una portata e l'altra il Quintini si tenne a debita distanza dal tavolo, ma con dispiacere, perché era roso dalla curiosità di ascoltare e capire che cosa si dicessero i due commensali.
Deilde stava dritta sulla sedia. Portava la forchetta alla bocca come una vera signora, masticava lentamente e sosteneva lo sguardo dell'uomo senza difficoltà. Abate Quintini si meravigliò di scoprire tanta eleganza e riservatezza in una ragazza che lavorava in un caffè.
«E se mi chiedessero per dopo cena una camera?» gli venne da pensare. L'ipotesi lo inquietò, ma non ebbe dubbi: gliel'avrebbe assegnata, per non contrariare il forestiero.
Dopo aver servito il brasato, Quintini si sedette al banco della ricezione. Dai due commensali gli giungeva solo un sommesso chiacchierio. Appoggiò il mento al banco, le palpebre gli si fecero pesanti. Guardò un'ultima volta l'uomo che parlava agitando la forchetta.
«Non credete che sia ora di svelarmi il motivo del vostro invito?» chiese Deilde.
«Puoi chiamarmi Marco.»
«Darvi del tu quando ancora non vi conosco? Sarebbe indelicato.»
«Non vedo la difficoltà...»
«Oh lo so, lo so...»
«Cosa sai?» chiese il Perini.
«Che voi... che tu... non vai tanto per il sottile!»
«Ma cosa vai a pensare!»
«Be'», esitò Deilde, «l'invito un po' brusco di questa sera è una prova.»
«Ma tu lo conosci il mondo?»

«E com'è il mondo?»

«Bello. Grande. Vario. Tu Ilde non ti sei mai mossa da qui?»

«No, mai! Qui ho tutto quello che mi serve.»

«Ti sembra. Non sai cosa può offrirti la vita!»

«Posso recuperare il tempo perduto.»

«Ma ti ci vuole una guida.»

Deilde sorrise, allungando lei, questa volta, una mano sul tavolo.

«Qualcuno che abbia esperienza, vero?»

Il Perini soppesò un istante il tono della ragazza, poi commentò:

«Una ragazza deve avere un uomo che la protegga!»

«Giusto», esclamò Deilde. «Anche mia madre lo dice sempre. Un padre, per esempio. E, se non c'è un padre, un marito...»

«Hai qualche corteggiatore?» chiese Marco.

«Ne spunta uno al giorno!»

«E, di questi corteggiatori, ce n'è qualcuno che ti sta a cuore?»

Deilde si limitò a spalancare gli occhi, come se meditasse indecisa.

«Non c'è molto da scegliere, eh?» la incalzò il Perini.

«È vero, per le altre! Io, ormai...»

«Ormai...»

«La mia dose di fortuna l'ho avuta.»

Il Perini picchiò il tacco per terra.

«Aver fortuna, in un paese come questo, vuol dire al massimo sposare il medico condotto.»

«Fuochino», lo stuzzicò Ilde.

«Il figlio del farmacista?»

«Fuochino.»

Il Perini riflettè un momento. Poi spalancò la bocca.

«Il notaio Dellera!»

Deilde rise, piena d'allegria.

«Fuoco!»

Il Perini scosse la testa.

«E tu saresti disposta a passare tutta la tua vita qui, a fare la moglie di un notaio dai gusti sedentari? Non c'è nient'altro che ti piacerebbe fare?»

Deilde eresse il capo e Marco ne ammirò lo splendido collo che le dava un'aria regale.

«Di una cosa sono sicura», disse la ragazza. «Non voglio fare la puttana, papà!»

# 6.

## I.

Marco Perini si svegliò che era ancora buio. Guardò le ore: erano le sei e mezza. Prima di lavarsi, aprì la finestra: l'aria profumava di bosco. Sentì, lontano, un colpo di fucile. "Cacciatori!" pensò e ricordò l'unica volta in cui, giovanissimo, era andato per beccacce. Adesso era lui a doversi muovere in fretta, quasi come un colpo di fucile. Aveva molte cose da fare e un battello per Como, delle nove e quarantacinque, su cui salire senza più voltarsi indietro.

Il Quintini non aveva sparecchiato la tavola della cena. Aveva il conto del Perini bell'e pronto, però. Così Marco non perse che dieci minuti. Alle sette e mezza si presentò davanti alla chiesa. Entrò. Il prevosto stava distribuendo la comunione. Attese la fine della messa guardando gli affreschi alle pareti. All'«ite missa est» scattò verso la sagrestia. Il parroco, trovandoselo imprevisto davanti, contrasse i muscoli del viso.

«Non c'eravamo detti tutto?» chiese allontanando con un gesto il sagrestano che si apprestava a togliergli i paramenti.

«Ho pensato alla sua minestra e a quella dei suoi poveri», disse il Perini.

«Dovrebbe assaggiarla!»

«Vorrei contribuire a insaporirla!»

Il prete lo guardò male.

«Che imbroglio c'è sotto?»

«Nessun imbroglio. Me ne sto andando. E vorrei lasciare alla parrocchia un po' di soldi. Soldi dei miei genitori. Una parte sono in questa borsa. Una parte li riceverà dalla banca: sistemerò le cose tramite il notaio Dellera.»

Il sacerdote fece per dire qualcosa. Il Perini lo fermò.

«Non voglio essere ringraziato», disse.

«Allora che Dio la benedica», concluse il prete.

II.

Quando il Perini entrò al cimitero, le campane suonarono otto botti. Guardò la cresta del Monte Muggio che si stagliava contro il cielo grigio. Si fermò a tirare il fiato. I fiori del giorno dei morti avevano ancora colori vivi. La tomba della famiglia Perini era di marmo grezzo con qua e là qualche incrostazione di muschio: Marco ne grattò via alcune. C'erano dei fiori freschi: Marco pensò a una gentilezza di Zita. Si concentrò per qualche momento: poi si fece il segno della croce. Mentre stava per andarsene, gli cadde lo sguardo sulla tomba vicina. Restò di stucco: era la tomba di Adelina Panzeri; dopotutto, la figlia del direttore didattico era riuscita a star vicina ai Perini.

III.

Il notaio Dellera s'era addormentato in studio e aveva passato la notte sulla poltrona. Sapeva della cena di Deilde e aveva preferito attendere lì l'evolversi degli eventi. Non sapendo come far passare il tempo, si era messo a leggere una vecchia cronaca di fine Ottocento che cercava di far risalire le origini della Pesa Vegia, tradizionale festa bellanese del 5 gennaio, alla dominazione spagnola nel 1600 sui territori del lago. Il governatore spagnolo aveva tentato in quell'epoca una riforma di pesi e misure, recepita in maniera singolare dai bottegai: avevano accettato la libbra nuova da 24 once mantenendo, però, i prezzi di quella da 28. Ne era scaturita una rivolta popolare e il ricordo della rivolta nei secoli si era trasformato in festa.

Poi, annoiato, il notaio aveva abbandonato il libro e s'era dato a una ricognizione dell'arredamento dello studio che gli aveva conciliato il sonno. S'era appena svegliato quando il Perini suonò al suo portone.

«Già al lavoro, notaio?» chiese.

«Perdonate l'aspetto, ma...»

«Sì, sì», disse il Perini, entrando nello studio. Il notaio gli si accodò. Marco si piazzò al centro dell'ufficio.

«Sedete, notaio», disse.

Il Dellera ubbidì.

«O vogliamo darci finalmente del tu?» chiese il Perini. «Tra parenti...»

Il Dellera finse di non capire.

«Via, notaio, basta con le commedie. Sarò o non sarò vostro suocero?»

«Ma...»

«Non ho tempo da perdere. Mi aspetta il battello delle nove e quarantacinque. E col tuo aiuto devo sistemare alcune faccende.»

Il Dellera cercò di pettinarsi i capelli. Fece per parlare, ma il Perini lo fermò un'altra volta.

«Prendi nota delle mie volontà!» disse.

Lo informò del denaro da prelevare per la parrocchia e gli sottoscrisse il relativo mandato, gli commissionò un atto di cessione all'occupante dell'appartamento dato in uso a Maria Valseschini e gli intimò di predisporre un rogito di passaggio di proprietà dell'ex negozio drogheria al notaio Dellera.

«È il mio regalo di nozze!» spiegò il Perini.

«Ma io non posso...»
«Accettare? Sì che puoi! O preferisci restare tutta la vita in questo mausoleo?»
«Ma mi ci sono affezionato. Ci lavoro da dieci anni, da quando cominciai a collaborare col Pedretti!»
«Devo regalare anche il negozio alla parrocchia?»
Il Dellera si alzò in piedi.
«No, no, dicevo...»
«Allora, esegui gli ordini. Che ore sono?»
«Quasi le nove.»
«Povero maresciallo, sarà intirizzito!»
Il Dellera fece un viso interrogativo.
«Che c'entra il maresciallo?» chiese.
«Mi sta aspettando qui fuori. È da questa mattina alle sette che mi pedina!»

## IV.

Abele Modena stava leggendo sul «Corriere della Sera» una cronaca addomesticata della notte dei cristalli che in Germania aveva portato all'arresto di ventimila ebrei, alla distruzione di negozi e case, all'incendio di quasi duecento sinagoghe.
«Che novità nel mondo?» chiese il Perini entrando.
Il padrone si riscosse.
«Oh», disse, «avete letto che il Nobel per la fisica l'hanno dato a Enrico Fermi?»
«Non è un ebreo?» chiese il Perini.
«Non so», tagliò corto Abele. «Cosa vi posso servire?» e senza aspettare risposta gli servì un Cinzanino.
Marco pretese che il Modena brindasse con lui.
«Festeggiamo qualcosa di speciale?» s'informò Abele. «Brindiamo alla felicità degli sposi? A quando le nozze?»
«Dovrete chiederlo a Deilde e al Dellera.»

Abele Modena restò folgorato. Marco lo richiamò alla realtà con uno schiocco delle dita.

«Ho un indovinello per voi», disse il Perini. «Se un uomo sposa una donna senza sapere che è sua figlia, quelli che nascono sono suoi figli o suoi nipoti?»

«Eh?» chiese Abele.

«Io ho rischiato di dovermi porre questa balzana domanda», e, sollevando appena dalla testa il cappello, salutò e uscì ad affrontare il vento.

## V.

«Qui finisce l'avventura...» disse tra sé Marco guardando il viso compassato della statua di Tommaso Grossi.

«Maresciallo!» chiamò poi ad alta voce. Da dietro la statua sbucò la sagoma del militare.

«Signor Perini!»

«Sta arrivando il battello», disse Marco indicandolo.

«Gente che va, gente che viene», commentò il maresciallo avvicinandosi.

«Passavate di qua?»

«Un giretto in piazza per sgranchirmi le gambe.»

Il Perini annuì.

«E dopo cosa farete?»

«Dopo cosa?»

«Dopo che sarò salito sul battello.»

«Chi vi dice che sul battello non sia in arrivo un altro uomo destinato a complicarmi la vita per qualche giorno?»

«Statemi bene, maresciallo», salutò il Perini.

Il battello era ormai così vicino che se ne poteva leggere il nome sulla fiancata.

## VI.

Romano aveva seguito con lo sguardo il forestiero quand'era entrato al caffè. Ne aveva atteso l'uscita. Aveva osservato il brindisi con Abele e il suo conciliabolo col maresciallo. Quando vide venire il Perini verso il botteghino dei biglietti si preparò: voleva dirgli un insulto.

Il Perini gli allungò i soldi del biglietto.

«Andata Como», disse.

A Romano si squagliarono in bocca le parole. Il battello stava per attraccare. Romano si avviò sulla passerella. Il Perini si girò a dare un ultimo sguardo al paese.

«Pronto!» gridò Romano senza guardarlo.

Il forestiero si avviò. A metà della passerella si fermò, si voltò verso di lui, mise una mano in tasca e ne trasse una busta.

«Questa è per te!» disse tendendogliela.

Romano l'aprì solo quando il battello era lontano.

Conteneva un foglio con un elenco di indirizzi.

«Cosa diavolo sono 'sti indirizzi?» chiese Romano, facendo vedere il foglio al Modena.

Abele, data una rapida occhiata al foglio, si mise a ridere.

«Cosa c'è da ridere?» volle sapere Romano.

«Niente! Ma quando vai a fare la spesa in quei negozi, avvertimi che vengo anch'io!»

«Indirizzi di negozi?» chiese, stupito, Romano.

«Sì, caro! Di carne di prima qualità!» confermò Modena, prima di mettersi a guardare il lago, meditando che, dati i tempi, non era il caso di far flanella all'italiana: meglio forse, per lui, tornare ad annoiarsi nella patria Svizzera.

# EPILOGO

Nel marzo 1939 la Navigazione Lariana bandì un concorso riservato ai dipendenti per dieci posti di conduttore dei battelli. Romano passò i mesi di gennaio e febbraio a studiare. Lo scritto, una dissertazione su alcune regole del codice di navigazione, gli andò bene. All'orale invece non si presentò. La colpa fu degli indirizzi che il Perini gli aveva lasciato prima di partire. L'esame orale era fissato per il tardo pomeriggio di un giovedì di marzo. Romano, per smaltire l'ansia dell'attesa, verso le quattordici aveva fatto una capatina in una delle ospitali case indicate dall'elenco del Perini e aveva scoperto che, tra le braccia di una donna, riusciva a scordare che Deilde si sarebbe sposata con Dellera. Uscì verso le tre del pomeriggio, in compagnia di un bersagliere che, tra un caffè e un bianchino, gli illustrò il fascino di altre avventure. Dopo quindici giorni, con sorpresa di tutti, partì alla volta di Taranto, volontario tra le Camicie Nere destinate all'occupazione dell'Albania. Prima di partire lasciò al Caffè dell'Imbarcadero un pacchetto. «È il regalo di nozze per la Deilde», disse al padrone. «Daglielo tu!» Il pacchetto conteneva un paio di calze di nylon e il libro *Lucrezia Borgia* di Maria Bellonci. «Avrà voluto inviarmi un messaggio?» chiese Deilde al suo notaio, durante la prima notte di nozze passata a Verona, la città di Giulietta e Romeo. Se messaggio era, restò il primo e l'ultimo, perché Vitali morì affogato durante una marcia di trasferimento.

Una mattina del giugno 1940, tra le notizie di una Italia da poco in guerra contro Francia e Inghilterra, il notaio Dellera incappò nel titolo *Comasco disperso* soprastante un breve testo che spiegava: «Marco Perini s'era imbarcato due giorni orsono a Bari sul piroscafo *Azzurra* diretto alla volta di Assab. Ma al momento dello sbarco di lui non v'era più traccia. Il comandante denunciò la scomparsa del passeggero all'autorità militare competente. Si ritiene che il Perini, colto da malore, possa essere caduto in mare».

Il notaio informò immediatamente la suocera.

«Sarà vero?» commentò Maria Valseschini.

«Lo dice il giornale!» tagliò corto il notaio.

Ma, dopo un mese, Maria ritornò sull'argomento.

«Quell'uomo ha sette vite!»

«Chi?» chiese Dellera.

«Marco Perini! Guarda qua!» disse, tendendo un biglietto ferroviario Bari-Lugano.

«Giralo!» disse Maria.

«Alla regina Zita, il suo principe Marco», lesse il Dellera.

«Mio padre è a Lugano?» intervenne Ilde affettuosa.

«Così sembra.»

Marco si era infatti sistemato in un piccolo hotel di Montagnola, da dove regolarmente, il martedì e il sabato, raggiungeva due amiche che lavoravano ad Ascona e a Campione.

Al casinò di Campione, un giorno Perini incrociò il Pedretti, invecchiato ma sempre curioso, che gli chiese se esercitasse ancora il mestiere di procuratore.

«No», rispose Marco. «Adesso mi occupo di uomini: di ebrei e antifascisti, li aiuto a espatriare.»

«Con l'assistenza di chi?»

«Di amiche e amici comaschi.»

«Anche di Bellano?»

«A Bellano lavora per noi Quintini.»

E, mentre il Pedretti si allontanava, appagato e disinteressato, al braccio di una bionda in pelliccia, Marco pensò che le guerre non solo ti impongono di cambiare vita: ti costringono anche a cambiare testa.

Joanne Harris

## IL FANTE DI CUORI E LA DAMA DI PICCHE

pagine 392

La Londra vittoriana impazzisce per i quadri pre-raffaelliti. Tra i soggetti dipinti ossessivamente da Henry Chester ci sono bambine e ragazze. La sua modella preferita è Effie, che per lui incarna gli ideali di bellezza e purezza. Quando Chester l'ha ritratta per la prima volta, aveva solo nove anni, ma poi lui l'ha educata e plasmata, e ne ha fatto sua moglie. Effie sembra la sposa ideale, ma è spesso malata. Lenisce le sue sofferenze con il laudano e vive come sospesa tra il sogno e la realtà. La gabbia dorata in cui l'ha rinchiusa suo marito le sta sempre più stretta, c'è qualcosa dentro di lei che vuole venire alla luce. A risvegliare i fantasmi saranno l'incontro con un altro pittore, Moses, e l'amicizia con Fanny Miller, la maîtresse di una casa d'appuntamenti frequentata da Chester, a suo tempo teatro di un orribile delitto. La giovane donna sprofonderà in un incubo pericoloso e terribile, dove la voce della ragione si perde nei labirinti del delirio e gli unici punti fermi sembrano l'amore e la sensualità.

Giuseppe Pederiali

# CAMILLA E IL GRANDE FRATELLO

pagine 384

Proteggere una famosa attrice che ha ricevuto minacce di morte sembra all'ispettore Camilla Cagliostri un incarico di routine. Ma all'improvviso la bella Vanessa Silvi sparisce senza lasciare traccia, e poco dopo scompaiono altri quattro giovani, due uomini e due donne. La tranquilla atmosfera della provincia modenese viene sconvolta dal tragico gioco partorito da una mente criminale. Sulla falsariga del più classico reality show, i quattro ragazzi sono costretti a una convivenza registrata giorno e notte dalle telecamere; ma questa volta si annuncia una variante atroce: chi viene eliminato uscirà dalla Casa cadavere, ucciso dai compagni. Intuitiva e impulsiva, Camilla indaga con un totale coinvolgimento personale e passionale, in gara con il superpoliziotto mandato da Roma. Televisioni e giornali, la gente, tutti vengono coinvolti in un drammatico crescendo dove ogni cosa fa spettacolo, anche la sofferenza, anche la morte.

Finito di stampare nel mese di febbraio 2006
presso il Nuovo Istituto Italiano d'Arti Grafiche Bergamo